少女时代的林海音。

1990年,在夏承楹80寿诞暨夏承楹、林海音金婚庆祝仪式上两人的合影。

1990年5月,林海音第一次回到阔别42年的北京,与90高龄的夏家二嫂动情拥抱。

1990年5月,林海音在北京旧居晋江会馆门前留影。

1990年5月,林海音到母校师大一附小故地重游,站在一间教室门口,她说:"当年上学时因为不听话,曾在这里罚过站。"

1994年7月28日,林海音在日本与在《城南旧事》电影中扮演小英子的沈洁合影。

1994年6月,在台北格林文化公司出版的《城南旧事》彩绘本发行仪式上,夏承楹、林海音夫妇合影。

北平漫笔·林海音散文精选

林海音 / 著

当代世界出版社

图书在版编目（CIP）数据

北平漫笔：林海音散文精选 / 林海音著. —北京：当代世界出版社，2017.11
 ISBN 978-7-5090-1286-4

Ⅰ.①北… Ⅱ.①林… Ⅲ.①散文集－中国－当代 Ⅳ.①I267

中国版本图书馆CIP数据核字（2017）第279618号

北平漫笔：林海音散文精选

作　　者：	林海音
出版发行：	当代世界出版社
地　　址：	北京市复兴路4号（100860）
网　　址：	http://www.worldpress.org.cn
编务电话：	(010) 83907332
发行电话：	(010) 83908409
	(010) 83908377
	(010) 83908423（邮购）
	(010) 83908410（传真）
经　　销：	全国新华书店
印　　刷：	天津文林印务有限公司
开　　本：	880毫米×1230毫米　1/32
印　　张：	8
字　　数：	120千字
版　　次：	2018年1月第1版
印　　次：	2020年6月第2次
书　　号：	ISBN 978-7-5090-1286-4
定　　价：	28.00元

如发现印装质量问题，请与承印厂联系调换。
版权所有，翻印必究，未经许可，不得转载！

| 出版说明 |

本书收录的林海音散文作品,以林海音作品原文为文字底本,力求最大程度保持作品原貌。同时为方便读者阅读,对个别不符合现代汉语使用习惯的汉字和标点做了更正。

| 目 录 |

苦念北平 …………………………… 001
家住书坊边 ………………………… 007
天桥上当记 ………………………… 021
在胡同里长大 ……………………… 031
北平漫笔 …………………………… 037
虎坊桥 ……………………………… 070
老北京的生活 ……………………… 078
我的京味儿回忆录 ………………… 083
骑毛驴儿逛白云观 ………………… 111
城墙·天桥·四合院儿 …………… 116
地坛乐园 …………………………… 126
难忘的两座桥 ……………………… 161
访母校·忆儿时 …………………… 165
我的童玩 …………………………… 173
英子的乡恋 ………………………… 184

友情 …………………………………… 198

寂寞之友 ……………………………… 202

黄昏对话 ……………………………… 206

旧时三女子 …………………………… 213

婆婆的晨妆 …………………………… 228

三只丑小鸭 …………………………… 233

平凡之家 ……………………………… 237

林海音主要生平记事 ………………………… 241

苦念北平

不能忘怀的北平！那里我住得太久了，像树生了根一样。童年，少女，而妇人，一生的一半生命都在那里度过。快乐与悲哀，欢笑和哭泣，那个古城曾倾泻我所有的感情，春来秋往，我是如何熟悉那里的季节啊！

春光明媚，一骑小驴，把我们带到西山，从香山双清别墅的后面绕出去，往上爬，大家在打赌，能不能爬上"鬼见愁"的那个山头！我常常念叨"鬼见愁"那块地方，可是我从来也不知道它究竟在哪里。

春天的下午，有时风沙也很大，风是从哪儿吹来的呢？从蒙古那边吹来的吗？从居庸关外那边吹来的吗？春风发狂，把细沙送进了你的眼睛、鼻子和嘴里。出一趟门，赶上风，回来后，上牙打打下牙试试，咯咯吱吱的，全是沙子，真是牙碜。"牙碜"是北平俗话，它常被用在人们的谈话里。比如说：

"瞧，我这两天碰的事儿都别扭，真是，喝凉水都牙碜！"——比喻事不顺心。

"大姑娘哪兴这么说话，也不嫌牙碜！"——比喻言语粗鄙。

"别用手指甲划玻璃好不好，声儿听着牙碜！"——形容令人起寒战的感觉。

"这饭怎么吃着这么牙碜！掺了沙子啦！"——形容咀嚼不适的感觉。

春天看芍药牡丹，是富贵花。中山公园的花事，先是芍药，一池一畦地开，跟着就是牡丹。灯下看牡丹，像灯下观美人一样，可以细细地品赏，或者花前痴望。一株牡丹一个样儿，一个名儿，什么"粉面金刚""二乔""金盆落月"。牡丹都是土栽，不是盆栽，是露天的，春天无雨不怕，就是怕春风。有时一夜狂风肆虐，把牡丹糟蹋得不成样子。几阵狂风就扫尽了春意，寻春莫迟，春在北平是这样的短促呀！

许多夏季的黄昏，我们都在太庙静穆的松林下消磨，听夏蝉长鸣,懒洋洋地倒在藤椅里。享受安静,并不要多说话,仰望松林上的天空,只要清淡地喝几口香片茶。各人拿一本心爱的书看吧,或者起来走走,去看看那几只随着季节而来的灰鹤。不是故意到太庙来充文雅,实在是比邻中山公园的情调,有时太嫌热闹了,偶然也要躲在太庙里享受清福。但是太庙早早就要关门了,阵地不得不转移到中山公园去,那里有同样的松林、同样的茶座,可以坐到很久,一直到繁星满天,茶房收拾桌椅,我们才做最后离园的客人。

最不能忘怀的是"说时迟,那时快"的暴雨:西北的天空忽然乌云密布,一阵骤雨洗净了世间的污浊,有时不到一小时的工夫,太阳又出来了,土的气息被太阳蒸发出来,那种味道至今还感到熟悉和亲切。我喜欢看雨后的红墙和黄绿琉璃瓦,雨后赶到北海划小船最写意。转过了北池子,经过景山前的文津街,是到北海的必经之路。文津街是北平城里我最喜爱的一条路,走过那里,令人顿生怀古幽情。

北平的春天,虽然稍纵即逝,秋日却长,从树叶转黄,到水面结冰,都是秋的领域。秋的第一个消息,就是水果上市。水果的种类比号称"果之王国"的台湾并不逊色，且犹有过之。比如枣，像这里的桂圆一样普遍，但是花样却多，郎家园、老虎眼、葫芦枣、酸枣，各有各的形状和味道，却不是单调的桂圆可以比的了。沙营的葡萄，黄而透明，一掰两截，水都不流，才有"冰糖包"的外号。京白梨，细而无渣。鸭儿广，赛豆腐。秋海棠红着半个脸，石榴笑得合不上嘴。它们都是秋之果。

北平的水果贩最会吆唤，你看他放下担子，一手叉腰，一手捂着耳朵，仰起头来便是一长串的吆唤。婉转的吆唤声里，包括名称、产地、味道、价格，真是意味深长。

西来顺门前，如果摆出那两面大镜子的招牌——用红漆一面写着"涮"，一面写着"烤"，便告诉人，秋来了。从那时起，口外的羊，一天不知要运来多少只，才供得上北平人的馋嘴咧！

北平的秋天，说是秋风萧索，未免太凄凉！如果走到熙熙攘攘的西单牌楼，远远地就闻见炒栗子香。向南移步要出宣武门的话，一路上是烤肉香。到了宛老五的门前，不由得你闻香下马。胖胖的老五，早就堵着房门告诉你："还要等四十多人哪！"羊肉的膻，栗子的香，在我的回忆中,是最足以代表北平季节变换的气味了!

每年的秋天,都要有几次郊游,觅秋的先知先觉者,大半是青年学生,他们带来西山红叶已红透的消息,我们便计划前往。星期天,海淀道上寻秋的人络绎于途。带几片红叶夹在书里,好像成了习惯。看红叶,听松涛,或者把牛肉带到山上去,吃真正的松枝烤肉吧!

结束这一年最后一次的郊游,秋更深了。年轻人又去试探北海漪澜堂阴暗处的冰冻了。如履薄冰吗?不,可以溜啰!于是我们从床底下捡出休息了一年的冰鞋,弹去灰尘,擦亮它,静待生火出发,这时洋炉子已经装上了。秋走远了。

这时,正是北平的初冬,围炉夜话,窗外也许下着鹅毛大雪。买一个赛梨的萝卜来消夜吧。"心里美"是一种绿皮红瓤的,清脆可口。有时炉火将尽,夜已深沉,胡同里传出盲者凄凉的笛声。把毛毯裹住腿,呵笔为文,是常有的事。

离开北平的那年,曾赶上最后一次"看红叶",冰鞋来不及捡出,我便离开她了。飞机到了上空,曾在方方的古城绕个圈,协和医院的绿琉璃瓦给了我难忘的最后一瞥,我的心颤抖着,是一种离开多年抚育的乳娘的滋味。

这一切,在这里何处去寻呢?像今夜细雨滴答,更增我苦念北平。不过,今年北平虽然风云依然,景物还在,可是还有几人能有闲情对景述怀呢!

家住书坊边

每看到有人写北平的琉璃厂—厂甸—海王村公园时,别提多亲切,脑中就会浮起那地方的情景,暖流透过全身,那一带的街道立刻涌向眼前。我住在这附近多年,从孩提时代到成年。不管在阳光下,在寒风中,也无论到什么地方——出门或回家,几乎都要先经过这条自清一代到民国续延二百年而至今不衰的北平文化名街——琉璃厂。我家曾有三次住在琉璃厂这一带:椿树上二条、南柳巷和永光寺街。还有曾住过的虎坊桥和梁家园,也属大琉璃厂的范围内。

琉璃厂西头俗称厂西门,名称的由来是因为有一座铁制的牌楼,上面镶着"琉璃厂西门"几个大字,就设立在琉璃厂西头上。在铁牌楼下路北,有一家羊肉床子和一家制造毛笔的作坊，我对它们的印象特深，因为我每天早上路过羊肉床子到师大附小上学去时，门口正在大宰活羊，血淋淋的一头羊，白羊毛上染满了红血，已经断了气躺在街面的土地上，走过时不免心惊绕道而行；但下午放学回来时，却是香喷喷的烧羊肉已经煮好了。我喜欢在下午吃一套芝麻酱烧饼夹烧羊肉，再就着喝一瓶玉泉山的汽水，清晨那头被宰割的羔羊，早就忘在一边儿了。至于毛笔作坊，是在一间大门进去右手屋子里。以为我是去买毛笔吗？才不是，我是去买被截下来寸长的废笔管，很便宜，都是做小女生的买卖。手抱着一大包笔管，回家来一节节穿进一长条结实的线绳上成了一条竹跳绳。竹跳绳打在地上发出清脆的声音，增加跳绳的情趣。不过竹管被用力地甩在地上，日久会裂断，就得再补些穿上去。

　　放学回家，过了厂西门再向前走一小段，就到了雷万春堂阿胶鹿茸店所在地的鹿犄角胡同了；迎面的玻璃橱窗里，摆着一对极大的鹿犄角，是这家卖鹿茸阿胶店的标本展示。店里常年坐着一两位穿长袍的老者，我看着这对鹿犄角和老者有二十多年了。看见鹿犄角向左转（北平话应当说"往南拐"），先看见井窝子（拙著《城南旧事》写我童年故事的主要背景），就到了我最早在北京的住家椿树上二条了。

文人爱提琉璃厂，因为它是文化之街，自明清以来，不知有多少文人的笔下都写到琉璃厂；小孩子或妇女爱提厂甸，因为"逛厂甸儿"是北平过年时类似庙会的活动。厂甸是在东西琉璃厂交界叫作"海王村公园"的那块地方，说公园，其实是一处周围有一转圈房子的院落而已。院子中有荷花池、假山石，但是平日并没有人来逛。公园有一面临南新华街，这倒是一条学校街，师范大学（早年的京师学堂，后来成为全国第一座国立的师范大学）和师大附小面对地把着马路两边，师大附中则在厂甸后面。这条包含了新旧书籍、笔墨纸砚、碑帖字画、金石雕刻、文玩古董的文化街，再加上大、中、小学校，更增加古城的文化气息，我有幸在北平成长的二十五年间，倒有将近二十年是住在这条全国闻名的文化街附近，我对这条街虽然非常非常的熟识，可惜不学如我，连一点古文化气息都没熏陶出来！

我的公公夏仁虎（号枝巢）先生在他的《旧京琐记》一书中开头就说"余以戊戌通籍京朝"，我也可以说我是

"五岁进京"吧!先母告诉我进京经过是这样的:

1922年3月初,我随父母自台湾老家搭乘日本轮船"大洋丸"去上海。在"大洋丸"上遇见了连雅堂先生夫妇,母亲说他们可能是到日本去看博览会。当时的情形是这样,母亲晕船,整天躺在房舱里,我则常到甲板上跑来跑去,连雅堂先生看见我这个同乡小孩,便跟我说话,因而认识了我的父母。他知道我们要到北京去,还建议说,到北京该去琉璃厂刻个图章,那是最好的地方。这样说来,我们在"大洋丸"上就先知道北京有个琉璃厂了。怪有趣,也有缘。

刚到北京,临时住在珠市口一家叫"谦安栈"的客栈,旁边是有名的第一舞台(第一次看京戏就在第一舞台,那是一场义务戏,包罗全北京的名伶,李万春那时是有名的童伶)。不久我们就搬到椿树上二条,开始了我在北京接受全盘中国教育。

一个大雨天,叔叔带我去考师大附小,我无论怎么淘气,还是一个很怕考试的小女孩。就在一排教室楼的楼下考到楼上。一间一间教室走进去、走出来,到每一个讲桌前停下来,等待老师问你什么(例如认颜色),要你做什么

（例如把不同形状的木制模型嵌进同形的凹洞里）。为了试耳音，老师紧握双手，伸开距离两耳各一尺的地方，要考生指出那一边有手表秒针走的声音，我一一通过，当然考取了。就在这北京城有名的"厂甸附小"读了六年，打下我受教育的好基础。

每天早上吃一套烧饼油条，背了书包走出椿树上二条的家门，出了胡同口，看见井窝子，看见鹿犄角，看见大宰活羊，再走过一整条的西琉璃厂，看见街两边的老书铺、新书店、南纸店、裱书铺、古玩店、笔墨店、墨盒店、刻字铺等。我是一个接受新式小学完全教育的小孩，在这条古文化街过来过去二十多年，文人学者所写旧书铺的那种情调气氛及认识，我几乎一点儿也没有沾过。

附小的大门进来，操场左边是一、二年级教室，然后一年年教室向里升进去。学校是以大礼堂隔开前后操场和年级进度。穿过礼堂豁然开朗的是大操场，全校如有朝会、运动会都是在这大操场上举行。大操场右面大楼就是我入学考试的大楼了，它也是四年级以上的教室楼。操场顶头有一排平房，是图书室和缝纫教室。到了三年级女生就要学缝纫，男生则是在前院的工作室学锯木板、钉钉子什么的。

胖胖的郑老师教我们缝纫。开始学直针缝、倒针缝，然后是学做手绢，锁狗牙边儿，再下去是学做蒲包鞋，钉亮片，绣十字线……成绩好的作品还锁在玻璃柜里展览呢！但是我最爱的却是这间兼图书室的架上所陈列的书本。这些课外读物给我印象深刻的是商务印书馆所出版林琴南翻译的世界名著。我们今天仍沿用的西洋名著的书名，大都还用林译书名，尤其是一些名著改编电影在中国上演，皆采用林译书名为电影名，如《茶花女》《黑奴吁天录》《块肉余生记》《劫后英雄传》《双城记》《基度山恩仇记》《侠隐记》，等等，皆非原著之名，而是林琴南给起的。大家都知道林氏并不谙英文，有笑话说，他在英文"beautiful"一字旁，注谐音为"冰糖葫芦"。他也不逐字逐句译书，他依据口述者口述，再自己编写成浅显文言，所以每书皆不厚。我读小学三四年级时，林译小说还在盛行，我们那小图书室就可借阅。我囫囵吞枣，竟也似懂非懂的读了不少林译。没想到我这个尚未接触中国新文艺的小学生，竟先读了西洋小说，这也真是怪事了。

公公所著《旧京琐记》，有数处地方写到琉璃厂，他曾写说：

……琉璃厂是书画、古玩商铺萃集之所。其掌各铺者，目录之学与鉴别之精，往往有过于士夫。余卜居其间，恒谓此中市佣亦带数分书卷气。盖皆能识字，亦彬彬有礼。……

　　先翁所说"余卜居其间"，是因夫婿夏家数十年居于城南，两屋皆在琉璃厂一带。早年是住在南新华街师大旁边一胡同叫"安平里"的，听外子说，后墙外就是师大的后操场，他的四哥亦师大学生，常常走捷径翻过矮墙到师大去上课，就不走师大正门了。后迁厂西门下去一些的永光寺街，老太爷出出入入当然也是经过琉璃厂这条街了。

　　又曾读过近人所写一文，也是谈到琉璃厂旧书店的情调：

　　……当你踱进一家湫暗低陋的书肆门限时，穿着土布制成的长袍宽袖旧式服装，手里拿着白铜的水烟袋的老主人陪着笑容，打着呵欠迎你出来。在那种静穆的空气笼罩下，四围尽是些"满目琳琅"的画册，伸手从架上抽出一部经书翻翻，放下再找一套说部读读，看完篇论文，又寻段话诗的。真是但觉宇宙之大，也不过包综于这几万卷线装书里面而已，便不由得使你忘了一切身边的琐事，而感到一种莫可言传的趣味，这里竟想不出一个适当的名词来说明这种趣味，姑且叫它作"诗意"吧……

逛逛湫暗的旧书铺，竟有诗意之感，我是没有体验过，印象中只觉得长年里这种旧书铺或古玩铺，静悄悄的，极少有顾客盈门的情形。北平对古玩店有句俗语说"三年不开张，开张吃三年"，就是这种情形吧！在这条街上，胡开文、贺莲青、李玉田的湖笔徽墨，荣宝斋、清秘阁的字画纸张，倒是有去购买的经验。小学时候，二年级就习写毛笔字，去琉璃厂买一个小小的白铜墨盒，上面刻着山水画，买来后，请母亲用毛线钩一个墨盒套。有习字的日子，就提着小墨盒上学去。在九宫格的毛边纸习字簿上，照柳公权的字帖春蚓秋蛇地涂写一番。柳字细巧，本是适合女孩子练字的，叔叔给我买的这本柳公权《玄秘塔》字帖，我可也习写了好多年呢！夏秋之季每天守着春蚕吐丝，就是为了用丝棉做墨盒芯子。把一块"天然如意"的墨条用棉纸包裹上，再熔蜡油滴满包纸上，是为了巩固墨条不致断裂。耐心而有趣地磨了浓浓的墨汁，注入墨盒里。我爱用七紫三羊毫毛笔，蘸着完全自己调制的墨汁，写出来的字虽不怎么样，兴趣却浓。这些都是求之于琉璃厂的。

磨墨一事是中国人读书生活中不可缺少的，我婚后常常看见公公在书房里，他的爱妾曼姬正据桌安座，弯着胳臂一圈一圈有规律地运作着，给老太爷磨墨呢！唯有这时他们是和谐的，安详的，他们一定有宇宙虽大，却只有他俩的感觉吧。记得某年过年，老太爷不怕忌讳，竟用一副故宫流落出来的灰色宣纸写下——

老思无病福

饥吃卖文钱

这样的对子作为开春执笔。这副对联裱好后，挂在他们的书房里。它一直是我喜爱的，曾想问老人家可否送给我这第六房儿媳妇留以为纪念，一直未出口，如今只留下记忆了。我又记得我返台见到先父的启蒙学生吴浊流先生，他屡次对我说，他八岁受教于先父，常在放学后到老师的单人宿舍里，为老师研墨、拉纸，看老师写字。他曾把这个深刻的、亲切的印象，写在他的禁书《无花果》里。

说到纸，也是琉璃厂的产物，前面所说我初习字用毛边纸的习字簿，当然用不着到荣宝斋、清秘阁这类讲究大店去买，但长大后却喜爱到荣宝斋去选购一些彩色木版水印笺纸，我买来并非用它来写信，我哪里舍得，也没那么风雅，只是喜爱它，当作艺术品那样的欣赏保留。记得有一套是齐白石的写意小品，鱼、虾、螃蟹等，印在笺纸的左下角上，别提多雅致了。印制木版水印笺纸，是荣宝斋的一项专门技术，听说他们近年来更发展成把古今名画亦以木版套色水印方式复制了。去年在香港，金东方妹送了我一锦盒装的"萝轩变古笺谱"，是上海博物馆出品，仿古宣纸笺是那样的古朴可爱。萝轩笺谱原有近二百幅，是明代天启年间吴发祥制作，这套只选了八面，印制在信笺的中央，其雕镂极细巧，在简练的运笔下，刻出花篮、竹石、孤雁、花卉、书架、花鹿等，以两色设色，简单中的古朴精雅，我抚摸把玩，不由得想起年轻时到琉璃厂买这类文物的"附庸风雅"的心情了！

在琉璃厂过来过去的二十多年中，还能记忆的是路南的有正书局，每年阴历大年初一，店面玻璃窗中贴满了中国古典小说如《三国演义》等的绣像全图，好像看连环图画，也是小孩子所喜欢的。琉璃厂古文物商店的匾额也颇有其特性，题额者多为书法家，在我印象中有姚华（茫父）、张伯英、陆润庠、翁同龢、张海若、祝椿年等，其他记不起来了，但是他们各为谁家题的匾额，已不复记忆。

书店（不是旧书铺）给我更快乐的还是琉璃厂那几家新式书店——商务印书馆、中华书局、北新书局、现代书局。在小学时，每学期开学，拿着书单要到商务和中华去买教科书，是我最快乐的事。商务很大，台阶上去，有左右两个大门，进去后，是一条宽敞走廊，第二道门是转门，起码在六十年前他们就有了转门。可见其洋了。再进去左右是高高的柜台，我形容其高，是因为我是个小女生，柜台要仰望之，我伸长手臂把书单递上去，店员配了书，算了账，跟我要了书款，然后就有一个空中缆绳系着一个盒子，把书单和书款放入盒内弹到账台那边，等一下再弹回来。这样店员就不必一趟趟往账台跑。小小心里觉得这书店好神气，在这样的书店买了书真高兴。有时放学回家路过商务的时候，也会跑上台阶，从这门进去，穿过走廊，再从那门出来，小小的我就这样走走，也满心高兴。中华书局则在商务斜对面，只是一栋平房，气派小多了。除了教科书以外，在小学生时期，曾有多年订阅中华的《小朋友》半月刊和商务的《儿童世界》杂志,那是我课外的精神食粮。记得《小朋友》上曾连载王人路翻译的《鳄鱼家庭》,是我爱读的小说,王人路是电影明星王人美的哥哥,当年写译过许多给小朋友阅读的作品。

北新书局(路北)和现代书局(路南),则是我上了中学以后在琉璃厂吸收新文艺读物的地方。我小学毕业后父亲过世,母亲是旧式妇女,识字不多,上无兄姊,我是老大,读什么书考什么学校都要我自己做主,培养我读书(不是教科书)的兴趣,可以说"家住书坊边"——琉璃厂给我的影响不小。现代书局是施蛰存一些人办的,以"现代"面貌出现,我订了一份《现代》杂志,去看书买书的时候,还跟书局里的店员谈小说、新诗什么的,觉得自己很有文艺气息了。

如果厂甸用"逛"的,那就不是专属于文人雅士了。逛厂甸儿一年只有两次,就是新历年和旧历年的时候。厂甸的范围原属海王村公园一带,但北伐以前的"北京"时代,其热闹繁盛要延长东西南北数方里:一整条新华街,北起和平门脸儿,南达虎坊桥大街;还有整条东西琉璃厂,刚好形成十字形。海王村公园里面,摆了几百个摊子,玩具、饮食、玉器等各有其集中点。这是给儿童及一般家庭妇女逛的。据齐如山先生说,典型的中园制玩具有几百种,过年时候就会全部在厂甸出现了。记得早上起来,在家里就可以听到胡同里赶早班逛厂甸的儿童买的风车、噗噗登玩具,一路风吹、人吹,呱呱山响。饮食摊位则在海王村门口两旁及后面,而海王村里面中央在"北京"时代则搭起一高台子,设许多茶座,是为了逛厂甸的文人雅士携眷或携妓来居高临下风光一番的。这到北伐以后就没有了。先翁曾做《厂甸新春竹枝词》,就是描写当年这种"逛"厂甸的情形。

至于厂甸新春的旧书摊及画棚子,是设在贯通南、北新华街整条大马路上,大画棚子多在师大门口一排,对面附小门前则是旧书摊,都各延伸数里长。文人学者们逛书摊,费一上午或一下午是不够的,总要天天来、上下午都来。琉璃厂的旧书铺也在此设临时书摊,但是贵重的绝版古书,当然还得请你到铺里去看了。画棚里的字画,我始终不懂,只是看热闹罢了。但记得那里有很多董其昌、郑板桥的字,八大山人的画,后来才知道,假的多。

在北平居住的二十五年间,不管是否住在琉璃厂附近,都一样几乎每天到琉璃厂这一带来。读附小二年级时，我家搬到和平门里的新帘子胡同，每天得坐车绕顺治门走顺城街到附小上学，但不久开辟一座和平门，打通南北新华街。记得正在动工的时候，也可以从一垛垛的土堆上走过去，觉得非常新奇有趣。从新帘子胡同又搬到虎坊桥大街，这次到南新华街南头儿了，上下学也是得走新华街、厂甸到附小。后来又搬到西交民巷，虽非琉璃厂区，但小学还没毕业，还是得每天到厂甸上学。父亲病重时，我家住在梁家园，父亲去世后，就搬到南柳巷，婚后夫家在永光寺街，全属琉璃厂区。最后几年住在中山公园旁的南长街时，我在师大图书馆工作，仍是每天到厂甸来上班，还是没离开琉璃厂。

琉璃厂—厂甸—海王村公园，对于自幼年成长到成年的我，是个重要的地方。长于斯，学于斯，却是个"家住书坊边，不知书坊事"的人，很惭愧。没有学出什么，只怪自己的兴趣太广，只好从虚荣心上讲，有些得意罢了！

天桥上当记

天桥并不是女人所该常去的地方,因此,以女人的笔来写天桥,既不能深入那地方的每一个角落,又怎能写出那地方的精神所在?那里的江湖、那里的艺术。

可是我写了。

我去看到的,实在并没有我听到的更多。很多年前,有位记者曾在北平的报上写过《天桥百景》,光是"天桥八怪",他就写了八篇之多,百景写完了没有,不记得了,但是他真是个天桥通,写作的气魄,也令人钦佩。

父亲喜欢逛天桥,他从那里的估衣摊上买来了蓝缎子团花面的灰鼠脊子短皮袄,冬天在家里穿着它。有人说,估衣都是死人的衣服,我听了觉得很别扭,因此我并不喜欢爸爸的这件漂亮衣服。母亲也偶然带着宋妈和我逛天桥。

她大老远的到天桥去买旧德国式洋炉子,以及到处都买得到的煤铲子和烟囱等等,载了满满两洋车回来。临上车的时候,还得让"掸孙儿"的老乞妇给穷掸一阵子。她掸了车厢掸车座,再朝妈妈和我的衣服上乱掸一阵,耍贫嘴说:"大奶奶大姑儿,您慢点儿上车。……嘿我说,你可拉稳着点儿,到家多给你添两钱儿,大奶奶也不在乎。……大奶奶,您坐好了,搂着点儿大姑儿。大奶奶您修好。……嘿,孙哉!先别抄车把,大奶奶要赏我钱哪!"

我看妈妈终于被迫打开了她那十字布绣花的手提袋,掏出一个铜子儿来。

我长大以后,更难得去逛天桥了,我们年轻一代的生活日用品,是取诸东安市场和西单商场,因此记忆中有一次逛天桥,便不容易忘记了。

是个冬天的下午,我和三妹在炉边烤火,不知怎么谈起天桥来了,我们竟兴致勃勃地要去天桥逛逛。她想看看有没有旧俄国车毯子卖,我没有目的。但是妈妈说,天桥的东西,会买的便非常便宜,不会买的,买打了眼,可就要上当了。我和三妹一致认为母亲是过虑的,我们又不是三岁孩子,我们更不会认不出俄国毯子以及别的东西的真假。

"还价呢？会吗？"母亲问。

"笑话！漫天要价，就地还钱，我们也懂呀！"三妹说。

"还了价拿腿就走，不是妈妈您这'还价大王'的诀窍儿吗？"我说。

母亲的劝告，并没有使我们十分在意，我和三妹终于高高兴兴地来到了天桥。

逛天桥，似乎也应当有个向导，因为有些地方，女性是不便闯进去的，比如你以为那块场地在说相声，谁不可以听呢？但是据说专有撒村的相声，他们是不欢迎女听众的，北平人很尊重女性，在"堂客"的面前，他们是决不会撒村的。听说有过这么一回事，两位女听众来到她们不该听的场地来了，说相声的见有女客来，既不便撒村，又不便说明原委赶走她们，只好左一个，右一个，尽讲的是普通相声，女听众听得有趣，并不打算起身，最后，看座儿的实在急了，才不得已向两位听众说：

"对面棚子里有大妞儿唱大鼓，您二位不听听去？"

两位女听众这时大概已有所悟，才红着脸走了。

我和三妹还不至于那么傻，何况我们的目的是买点儿什么，像那江湖卖药练把式摔跤的，我们怕误入禁地，连张望也不张望呢!

　　卖估衣的,或卖零头儿布的,都是各以其类聚集在一处。那里很有些可买的东西,皮袄、绣袍、补褂,很多都是清室各府里的落魄王孙以三文不值两文卖出去的。卖估衣的吆唤方式很有趣,他先漫天要价,没人搭茬儿,再一次次地自己落价,当我们逛到一个布摊子面前时,那卖布的方式,把我们吸住了。那个布摊子,有三四个人在做生意,一个蹲在地上抖落那些布,两个站在那里吆唤,不是光吆唤,而是带表演的。当一块布从地摊上拿起来时,那个站着的大汉子接过来了,他一面把布打开,一面向蹲着的说:"这块有几尺?"

　　"十二尺半。"

　　"多少钱?"

　　"十五块。"

　　于是大汉子把那号称十二尺半的绒布双叠拉开,两只胳膊用力地向左右伸出去,简直要弯到背后了,他拿腔拿调带着韵律地喊着说:

　　"瞧咧这块布,十二尺半,你就买了回去,绒裤褂,一身儿是足足的有富余!"

然后他再把布绷得砰砰响,说:

"听听!多细密,多结实,这块布。"

"少算点儿行不行呀?"这是另一个他们自己人在装顾客发问。

"少多少?你说!"自己人问自己人。

"十二块。"

"十二块,好。"他又拉开了这块布,仍然是撑呀撑呀,两只胳膊都弯到背后去了。"十二块,十二尺,瞧瞧便宜不便宜!"

有没有十二尺?我想有的。我心里打量着,一个大男人,两条胳膊平张开,无论如何是有六尺的,双层布,不就是十二尺了吗?何况他还极力地弯呀弯呀,都快弯到一圈儿了,当然有十二尺。

三妹也看愣了,听傻了,因为江湖的话,是干脆之中带着义气,听了非常入耳,更何况他表演的十二尺,是那样的有力量,有信用,有长度呢!

"你看这块布值不值?"三妹悄悄问我。

我还没答话呢,那大汉子又自动落价了。

"好!"他大喊了一声,"再便宜点儿,今儿过阴天儿,逛的人少,还没开张呢!我们哥儿仨,赔本儿也得赚吆唤嘛!够咱们喝四两烧刀子就卖呀!这一回,十块就卖,九块五,九块三,九块二咧,九块钱!我再找给您两毛五!"

大汉子嗓子都快喊劈了,我暗暗地算,十二尺,我正想买一块做呢大衣的衬绒,这块岂不是刚够?布店里这种绒布要一块多钱一尺呢,这十二尺才九块,不,八块七毛五,确是便宜。

这时围着看热闹的人更多了,我也悄声问三妹:

"你说我做大衣的衬绒够不够?"

三妹点点头。

"那——"我犹疑着,"再还还价。"我本已经觉得够便宜了,但总想到这是天桥的买卖,不还价,不够行家似的。

"拿我看看。"我终于开口了,围观的人都张脸看着我们姊儿俩。

我拿过来看了看,的确是细白绒布。

"够十二尺吗?"

摊子上没有尺,真奇怪,布是按块儿卖,难道有多长,就凭他的两条胳膊量吗?我一问,他又把布大大的撑开来,两条胳膊又弯到背后去了。

"十二尺半，您回去量。"

"给你七块五。"

我说完拉着三妹就走，这是跟"还价大王"妈妈学的。其实在我还另有一种意思，就是感觉到已经够便宜了，还要还得那么少，实在不忍心，又怕人家损两句，多难为情，所以赶快借此走掉，以为准不会卖的，谁知走没两步，卖布的在叫了："您回来，您回来。"

我明白他有卖的意思了，不免壮起胆来，回头立定便说：

"七块五，你卖不卖吧！"

"您请回来！"

"你卖不卖嘛？"

"我卖，你也得回来买呀！"

他说得对，我和三妹又回到布摊前面来。谁知等我回来了，他才说："您再加点儿。"

我刚想再走，三妹竟急不可待地说：

"给你八块五好了！"一下子就加了一块钱。

"您再加点儿，您再加一丁点儿我就卖，这还不行吗？"

"好了，好了，八块六要卖就卖，不卖拉倒！"

"卖啦，您拿去！"

比原来的八块七毛五，不过便宜了一毛五，我们到底还是不会还价。但是，想一想，可比外面布店买便宜多了，便宜了几乎有一半。不错！不错！我想三妹也跟我一样的满意，因为她向我笑了笑，可能很得意她会还价。

我们不打算再买什么，逛什么了，天也不早，我们姊儿俩便高高兴兴地回家来。见着妈妈就告诉她，我们虽然没买什么，但是买了一块便宜布来。

"我看看。"妈妈说着就拆开了纸包。"逛了半天天桥，你们俩大概还是洋车来回，就买了一块布头儿！几尺呀？八尺？"妈妈把布抖落开了。

"八尺？"我和三妹大叫着，"是十二尺哪！"

"十二尺？"这回是妈大叫了，"我不信，去拿尺来，决没有十二尺！决没有十二尺！"她连声加重语气，妈妈真是的，总要扫我们的兴。

尺拿来了，妈妈一尺一尺的量着，最后哈哈大笑起来，"我说怎么样？八尺，一尺也不多，八尺就是八尺！"

我和三妹都愣住了。但是三妹还强争说：

"您这是什么尺呀!"

"我是飘准尺!"妈妈一急,夹生的北京话也出来了。

"什么标准尺——"三妹没话可讲了,但是她挣扎着说,"那也没什么吃亏的,可便宜哪!才八块六买的,布铺里买也要一块多一尺哪!"

"我的小姐,说什么也是上当啦!"妈把布比在我们的鼻子前,指点着说,"一块多,那是双面的细绒布,这是单面的,看见没有!这只要七八毛一尺。"

真是令人懊丧极了!还有什么可说的呢!我和三妹相视苦笑。停了一下,她想起什么似的,说:

"我觉得那个卖布的,他的两条胳膊,不是明明——"三妹也把自己的两手伸平打量着,"难道这样没有六尺?那么大的大男人?难道只有四尺?真奇怪。不过,他真有意思,两臂用力弯到背后去,仿佛是体育家优美的姿势。"

"他的话,也有一种催眠的力量,吸引着人人驻足而观,其实围观的人,并不是各个要买布的——"我还没说完,妈妈嘴快打岔说:

"哪像你们姊儿俩!"

"——而是要欣赏他们的艺术,使我们的听觉和视觉都得到感官的快乐,谁愿意看见便宜不占呢?谁不愿意听顺耳的话呢?天桥能使你得到。"

"吃了一回亏,学一回乖,"妈妈说,"你们上了当还直夸。"

"这就是天桥的艺术和精神了,你吃了亏,并不厌恶它。"

"所以说,逛天桥,逛天桥嘛!到天桥去要慢慢地逛,仔细地欣赏,却不必急于买东西,才是乐事。"

八尺的绒,并不够做大衣的衬里,但做一件旗袍的里是足够了。我做好穿了它,价钱虽然贵了些,但它使我认识了一些东西,虽然上当,总还是值得的。

在胡同里长大

欣赏喜乐的六十多幅画北平的彩色图片,一面细读这一篇篇有趣的散文,也就一阵阵勾起我的第二故乡之思。尤其在这些画片中,很多是画到胡同风光的,使我这自小在"胡同"里长大的人,不由得看着看着图片,就回到椿树上二条、新帘子胡同、西交民巷、梁家园、南柳巷和永光寺街这些我住过的胡同里去——在北平的二十六年里,从五岁到三十一岁,我只住过两次大街,那就是虎坊桥大街和南长街。在北平一年四季的生活,在胡同里穿出穿进的,何止是"春天的胡同"(喜乐给小民画插图的书名)。北平是个四季分明的地方,不像台湾这样四季常绿,记得我的母亲生前曾讲她第一次到北平的笑话:到北平去时是二月,树还没发芽,都是干树枝子,我的母亲竟土里土气地说:"怎么北京的树都死光啦!"

在干树枝上,可以很清楚地看见鸟巢,或者下大雪的日子,满树银白,一碰,雪花抖落下来,冰凉的掉在你的后脖里,小孩子都会又惊奇又高兴地缩着脖子吱吱叫。

冬夜的胡同里,可以听见几种叫卖声,卖半空儿花生的,卖萝卜赛梨的,卖炸豆腐开锅的。开门出去,买个叫作"心里美"的萝卜,在一盏小灯下,看卖萝卜的挑出一个绿皮红瓤的,听他用小刀劈开萝卜的清脆声,就让你满心高兴。北平俗话说:"吃萝卜就热茶,气得大夫满街爬!"在一炉红火上,开水壶冒气嗡嗡地响了,吃着半空儿花生或萝卜,喝着热茶,外面也许是北风怒吼,屋里却是和谐温暖,这种情况,北平老乡都曾经历过、体验过。

夏日的胡同,最记得黄昏时光,太阳落山热气散了,孩子们放学回家。有时放了学的哥姊,要照顾小弟弟小妹妹,就大大小小的推开街门到胡同里玩。黄昏里的胡同风光,我记忆最深刻的是卖晚香玉的。把晚香玉穿成一个个花篮,再配上几朵小红花,挂在一根竹竿上,串胡同叫卖。卖花的多是家庭妇女,买一只晚香玉花篮,挂在卧室里,满室生香。最使孩子们兴奋的,是"唱话匣子的"过来了,他背负着一个大喇叭,提着胜利牌俗名"话匣子"的手摇留声机,那时有几家有自备唱机的呢?所以这种租听留声机的行业,就盛行于我的幼年。唱片中,以平剧(即京剧,编者注)、地方戏为多,开头说着"高亭公司特请梅兰芳老板唱《贵妃醉酒》"等语。兼也有歌曲,但最教人兴奋的,是他送听一曲"洋人大笑"的唱片。那张唱片,从头到尾是洋人大笑,哈哈哈,嘻嘻嘻,呵呵呵,各种笑声,听的人当然也跟着大笑。这张唱片,相信许多人都听过。

胡同里虽然时有叫卖声,但是一点儿也不吵人,而且北平的叫卖声,各有其抑扬顿挫,现在回想起来,非常好听。比如夏日卖甜瓜的过来了,他搁下挑子,站在那儿,准备好了,就仰起头来,一手自耳朵后捂着,音乐般地喊着:"欸——卖哎好吃得欸——苹果青的脆甜瓜咧——"他为什么半捂着耳朵,是为了当喊出去的时候,也可以收听自己的叫喊声是否够味儿吧!上午在胡同里出现的,有卖菜的,卖花的,换绿盆儿的,换取灯儿的,送水的,倒土的,掏茅房的……都是每天胡同生活的情景。

说起"换取灯儿的",使我回忆起那些背着篓筐、举步蹒跚的老妇人。她们是每天可以在胡同里看见、听见的人物之一。冬日里，她们头上戴着一个绒布或绒线帽子，手上套着露出手指的手套，来到胡同，就高喊着："换洋取灯儿咧！换榾勒子儿啊！"

"取灯儿"就是火柴，"洋取灯儿"还是火柴，只因这玩意儿的形式是外来的，所以后来加个"洋"字。那时的洋取灯儿，多为红头儿的丹凤牌，盒外贴着砂纸，一擦就迸出火星。"榾子儿"（"勒"是我加诸形容她的叫卖声）是像桂圆核儿一样的一种植物的果实，砸碎它，泡在水里，浸出黏液，凝滞如胶，是旧时妇女梳好头后搽抹的，也就是今日妇女做发后的"喷发胶"。而榾子儿液，反而不像今日发胶是有毒的化学制品，浸入头皮里有危险。无论你家搬到哪条胡同，都会有不同的"换取灯儿的"妇人，穿梭于胡同里。

"换取灯儿"的老妇人，大概只有一个命运最好的。很小就听说，那就是四大名旦尚小云的母亲，是"换取灯儿的"出身。有一年，尚小云的母亲死了，出殡时沿途有许多人看热闹，我们住在附近（当时我家住在南柳巷），得见这位老妇人的死后哀荣。在舞台上婀娜多姿的尚小云，重孝服上是一个连片胡子脸（旧时孝子在居丧六十天里不能刮胡子)。胡同里的人都指点着说,那是一个怎样的孝子,并且说死者是一个怎样出身的有后福的老太太。

在三十年代小说里,也有一篇描写一个"换取灯儿的"妇人的恋爱故事,那就是许地山(落华生)所写的短篇小说《春桃》,是我记忆深刻,而且非常欣赏的小说,它感人至深。主角"春桃"是一个很可爱的不识字的旧女子。《春桃》一开头儿,就描写的是北平的胡同景色:

这年的夏天分外地热。街上的灯虽然亮了,胡同口那卖酸梅汤的还像唱梨花鼓的姑娘耍着他的铜鼓。一个背着一大篓子纸的妇人从他面前走过,在破草帽底下虽看不清她的脸,当她与卖酸梅汤的打招呼时,却可以理会她有满口雪白的牙齿。她背上担负得很重,甚至不能把腰挺直,只如骆驼一样,庄严地一步一步踱到自己门口。

再说到北平的交通工具,穿梭于大街上、胡同里的,也多是洋车;洋车就是人力车,这个"洋"是代表东洋日本,因为它最早是从日本传入的。洋车在胡同出入,不会碰到在胡同玩耍的孩子,跑得慢嘛!北平因为是方方正正的城，如果偶有斜巷，就会取名斜街，如杨梅竹斜街，王广福斜街，东斜街，西斜街，上斜街，下斜街，白米斜街……所以拉洋车的如果要转弯，就叫"东去！""西去！"而不是像现在所说"左转！""右转！"要下车叫停，也是吩咐"路南到了""路北下车"等语。

喜乐所画的胡同风光，是画的典型当年北平胡同和谐生活的真实情景。胡同里不管是大宅门儿、小住家儿，生活得都很安静，因为北平人的生活，步调一向不快。胡同里的宅墙，该修补该见新的，也都年年做，所以虽属小门户，在胡同里看下去，也是整整齐齐的。

北平漫笔

秋的气味

秋天来了,很自然地想起那条街——西单牌楼。

无论从哪个方向来,到了西单牌楼,秋天,黄昏,先闻见的是街上的气味。炒栗子的香味弥漫在繁盛的行人群中,赶快朝向那熟悉的地方看去,和兰号的伙计正在门前炒栗子。和兰号是卖西点的,炒栗子也并不出名,但是因为它在街的转角上,首当其冲,就不由得就近去买。

来一斤吧!热栗子刚炒出来,要等一等,倒在笸中筛去裹糖汁的砂子。在等待称包的时候,另有一种清香的味儿从身边飘过,原来眼前街角摆的几个水果摊子上,啊!枣、葡萄、海棠、柿子、梨、石榴……全都上市了。香味多半是梨和葡萄散发出来的。沙营的葡萄，黄而透明，一撅两截，水都不流，所以有"冰糖包"的外号。京白梨，细而嫩，一点儿渣儿都没有。"鸭儿广"柔软得赛豆腐。枣是最普通的水果，朗家园是最出名的产地，于是无枣不郎家园了。老虎眼，葫芦枣，酸枣，各有各的形状和味道。"喝了蜜的柿子"要等到冬季，秋天上市的是青皮的脆柿子，脆柿子要高桩儿的才更甜。海棠红着半个脸，石榴笑得露出一排粉红色的牙齿。这些都是秋之果。

抱着一包热栗子和一些水果，从西单向宣武门走去，想着回到家里，在窗前的方桌上，就着暮色中的一点光亮，家人围坐着剥食这些好吃的东西的快乐，脚步不由得加快了。身后响起了当当的电车声，五路车快到宣武门的终点了。过了绒线胡同，空气中又传来了烤肉的香味，是安儿胡同口儿上，那间低矮窄狭的烤肉宛上人了。

门前挂着清真的记号，他们是北平许多著名的回教馆中的一个，秋天开始，北平就是回教馆子的天下了。矮而胖的老五，在案子上切牛羊肉，他的哥哥老大，在门口招呼座儿，他的两个身体健康、眼睛明亮、充分表现出回教青年精神的儿子，在一旁帮着和学习着剔肉和切肉的技术。炙子上烟雾弥漫，使原来就不明的灯更暗了些，但是在这间低矮、烟雾的小屋里，却另有一股温暖而亲切的感觉，使人很想进去，站在炙子边举起那两根大筷子。

老五是公平的，所以给人格外亲切的感觉。它原来只是一间包子铺，供卖附近居民和路过的劳动者一些羊肉包子。渐渐的，烤肉出了名，但它并不因此改变对主顾的态度。比如说，他们只有两个炙子，总共也不过能围上一二十人，但是一到黄昏，一批批的客人来了，坐也没地方坐，一时也轮不上吃，老五会告诉客人，再等二十几位，或者三十几位，那么客人就会到西单牌楼去绕个弯儿，再回来就差不多了。没有登记簿，他们却是丝毫不差地记住了前来后到的次序。没有争先，不可能插队，一切听凭老大的安排，他并没有因为来客是坐汽车的或是拉洋车的，而有什么区别，这就是他的公平和亲切。

一边手里切肉一边嘴里算账，是老五的本事，也是艺术。一碗肉，一碟葱，一条黄瓜，他都一一唱着钱数加上去，没有虚报，价钱公道。在那里，房子虽然狭小，却吃得舒服。老五的笑容并不多，但他给你的是诚朴的感觉，在那儿不会有吃得惹气这种事发生。

秋天在北方的故都，足以代表季节变换的气味的，就是牛羊肉的膻和炒栗子的香了！

男人之禁地

很少——简直没有——看见有男人到那种店铺去买东西的。做的是妇女的生意,可是店里的伙计全是男人。

小孩的时候,随着母亲去的是前门外煤市街的那家,离六必居不远,冲天的招牌,写着大大的"花汉冲"的字样,名是香粉店,卖的除了妇女化妆品以外,还有全部女红所需用品。

母亲去了,无非是买这些东西:玻璃盖方盒的月中桂香粉,天蓝色瓶子广生行双妹嚜的雪花膏(我一直记着这个不明字义的一"嚜"字,后来才知道它是译英文商标"mark"的广东造字),猪胰子(通常是买给宋妈用的)。到了冬天,就会买几个瓯子油(以蛤蜊壳为容器的油膏),分给孩子们每人一个,有着玩具和化妆品两重意义。此外,母亲还要买一些女红用的东西:十字绣线,绒鞋面,钩针等,这些东西男人怎么会去买呢?

母亲不会用两根竹针织毛线,但是她很会用钩针织。她织的最多的是毛线鞋,冬天给我们织墨盒套。绣十字布也是她的拿手，照着那复杂而美丽的十字花样本，数着细小的格子，一针针、一排排地绣下去。有一阵子，家里的枕头套，妈妈的钱袋，妹妹的围嘴儿，全是用十字布绣花的。

随母亲到香粉店的时期过去了，紧接着是自己也去了。女孩子总是离不开绣花线吧！小学三年级，就有缝纫课了。记得当时男生是在一间工作室里上手工课，耍的不是锯子就是锉子；女生是到后面图书室里上缝纫课，第一次用绣线学"拉锁"，红绣线把一块白布拉得抽抽皱皱的，后来我们学做婴儿的蒲包鞋，钉上亮片，滚上细绦子，这些都要到像花汉冲这类的店去买。

花汉冲在女学生的眼里，是嫌老派了些，我们是到绒线胡同的瑞玉兴去买。瑞玉兴是西南城出名的绒线店，三间门面的楼，它的东西摩登些。

我一直是女红的喜爱者，这也许和母亲有关系，她那些书本夹了各色丝线。端午节用丝线缠的粽子，毛线钩的各种鞋帽，使得我浸涵于精巧、色彩、种种缝纫之美里，所以养成了家事中偏爱女红甚于其他的习惯。

在瑞玉兴选择绣线是一种快乐。粗粗的日本绣线最惹人喜爱，不一定要用它，但喜欢买两支带回去。也喜欢选购一些花样儿，用誊写纸描在白府绸上，满心要绣一对枕头给自己用，但是五屉柜的抽屉里，总有半途而废的未完成的杰作。手工的制品，不是一朝一夕可以完成的，从一堆碎布，一卷纠缠不清的绣线里，也可以看出一个女孩子有没有恒心和耐性吧！我就是那种没有恒心和耐性的。每一件女红做出来，总是有缺点，比如毛衣的肩头织肥了，枕头的四角缝斜了，手套一大一小，十字布的格子数错了行，对不上花，抽纱的手绢只完成了三面，等等。

但是瑞玉兴却是个难忘的店铺，想到为了配某种颜色的丝线，伙计耐心地从楼上搬来了许多小竹帘卷的丝线，以供挑选，虽然只花两角钱买一小支，他们也会把客人送到门口，那才是没处找的耐心哪！

换取灯儿的

"换洋取灯儿啊!"

"换榧子儿呀!"

很多年来,这是个熟悉的叫唤声,它不一定是出自某一个人,叫唤声也各有不同。每天清晨在胡同里,可以看见一个穿着褴褛的老妇,背着一个筐子,举步蹒跚。冬天的情景,尤其记得清楚,她头上戴着一顶不合体的、不知从哪儿捡来的毛线帽子,手上戴着露出手指头的手套,寒风吹得她流出了一些清鼻涕。生活看来是很艰苦的。

是的,她们原是不必工作就可以食禀粟的人,今天清室没有了,一切荣华优渥的日子都像梦一样永远永远地去了,留下来的是面对着现实的生活!

像换洋取灯的老妇,可以说还是勇于以自己的劳力换取生活的人,她不必费很大的力气和本钱,只要每天早晨背着一个空筐子以及一些火柴、榧子儿、刨花就够了,然后她沿着小胡同这样地叫唤着。

家里的废物：烂纸、破布条、旧鞋……一切可以扔到垃圾堆里的东西，都归宋妈收起来，所以从"换洋取灯儿的"换来的东西也都归宋妈。

一堆烂纸破布，就是宋妈和换洋取灯儿的老妇争执的焦点，甚至连一盒火柴、十颗榾子的生意都讲不成也说不定呢！

丹凤牌的火柴，红头儿，盒外贴着砂纸，一擦就迸出火星，一盒也就值一个铜子儿。榾子儿是像桂圆核儿一样的一种植物的果实，砸碎它，泡在水里，浸出黏液，凝滞如胶。刨花是薄木片，作用和榾子儿一样，都是旧式妇女梳头时用的，等于今天妇女做发后的"喷胶水"。

这是一笔小而又小的生意，换人家里的最破最烂的小东西，来取得自己最低的生活，王孙没落，可以想见。

而归宋妈的那几颗榾子儿呢，她也当宝贝一样。家里的烂纸如果多了，她也就会攒了更多的洋火和榾子儿，洋火让人捎回乡下她的家里，榾子儿装在一只妹妹的洋袜子里（另一只一定是破得不能再缝了，换了榾子儿）。

宋妈是个干净利落的人，她每天早晨起来把头梳得又光又亮，抹上了泡好的刨花或榾子儿，胶住了，做一天事也不会散落下来。

火柴的名字,那古老的城里,很多很多年来,都是被称作"洋取灯儿",好像到了今天,我都没有改过口来。

"换洋取灯儿的"老妇人,大概只有一个命运最好的,很小就听说,四大名旦尚小云的母亲是"换洋取灯儿的"。有一年,尚小云的母亲死了,出殡时沿途许多人围观,我们住在附近,得见这位老妇人的死后哀荣。在舞台上婀娜多姿的尚小云,丧服上是一个连片胡子的脸,街上的人都指点着说,那是一个怎样的孝子,并且说那死者是一个怎样出身的有福的老太太。

在小说里,也读过唯有的一篇描写一个这样女人的恋爱故事,记得是许地山写的《春桃》,希望我没有记错。

看华表

不知为什么,每次经过天安门前的华表时,从来不肯放过它,总要看一看。如果正挤在电车(记得吧,三路和五路都打这里经过)里经过,也要从人缝里向车窗外追着看;坐着洋车经过,更要仰起头来,转着脖子,远看,近看,回头看,一直到看不见为止。

假使是在华表前的石板路上散步(多么平坦、宽大、洁净的石板),到了华表前,一定会放慢了步子,流连鉴赏。从华表的下面向上望去,便体会到"一柱擎天"的伟观。啊!无云的碧空,衬着雕琢细致、比例匀称的白玉石的华表,正是自然美和人工美的伟大的结合。她的背后衬的是朱红色的天安门的墙,这一幅图,布局的美丽,颜色的鲜明,印在脑中,是不会消失的。

有趣的是,夏天的黄昏,华表下面的石座上,成为纳凉人的最理想的地方。石座光滑洁净,坐上去,想必是凉森森的,十分舒服。地方高敞,赏鉴过往漂亮的男女(许多是去游附近的中山公园），像在体育场的贵宾席上一样。华表旁，有一排马缨花，它的甜香随着清风扑鼻而来，更是一种享受。

我爱看华表，和它的所在地也很有关系，因为天安门不但是北平（北京）的市中心，而且正是通往东西南城的要衢。往返东西城时，到了天安门就会感觉到离目的地不远了。往南去前门，正好从华表左面不远转向公安街去。庄严美丽的华表站在这里，正像是一座里程碑，它告诉你，无论到什么地方，都不远了。

说它是里程碑，也许不算错，古时的华表，原是木制的，它又名表木，是以表王者纳谏，亦以表识衢路，正是一个有意义的象征啊！

蓝布褂儿

竹布褂儿,黑裙子,北平的女学生。

一位在南方生长的画家,有一年初次到北平。住了几天之后,他说,在上海住了这许多年,画了这许多年,他不喜欢一切蓝颜色的布。但是这次到了北平,竟一下子改变了他的看法,蓝色的布是那么可爱,北平满街骑车的女学生,穿了各种蓝色的制服,是那么可爱!

刚一上中学时,最高兴的是换上了中学女生的制服,夏天的竹布褂,是月白色——极浅极浅的蓝,烫得平平整整;下面是一条短齐膝盖头的印度绸的黑裙子,长筒麻纱袜子,配上一双刷得一干二净的篮球鞋。用的不是手提的书包,而是把一叠书用一条捆书带捆起来。短头发,斜分,少的一边撩在耳朵后,多的一边让它半垂在鬓边,快盖住半只眼睛了。三五成群,或骑车或走路。哪条街上有个女子中学,那条街就显得活泼和快乐,那是女学生的青春气息烘托出来的。

北平女学生冬天穿长棉袍，外面要罩一件蓝布大褂，这回是深蓝色。谁穿新大褂，每人要过来打三下，这是规矩。但是那洗得起了白茬儿的旧衣服也很好，因为它们是老伙伴，穿着也合身。记得要上体育课的日子吗？棉袍下面露出半截白色剔绒的长运动裤来，实在是很难看，但是因为人人这么穿，也就不觉得丑了。

　　阴丹士林布出世以后，女学生更是如狂地喜爱它。阴丹士林本是人造染料的一种名称，原有各种颜色，但是人们嘴里常常说的"阴丹士林色"多是指的青蓝色。它的颜色比其他布更为鲜亮，穿一件阴丹士林大褂，令人觉得特别干净、平整。比深蓝浅些的"毛蓝"色，我最喜欢，夏秋或春夏之交，总是穿这个颜色的。

　　事实上，蓝布是淳朴的北方服装特色。在北平住的人，不分年龄、性别、职业、阶级，一年四季每人都有几件蓝布服装。爷爷穿着缎面的灰鼠皮袍，外面罩着蓝布大褂；妈妈的绸里绸面的丝棉袍外面，罩的是蓝布大褂；店铺柜台里的掌柜的，穿的布棉袍外面，罩的也是蓝布大褂，头上还扣着瓜皮小帽；教授穿的蓝布大褂的大襟上，多插了一支自来水笔，头上是藏青色法国小帽，学术气氛！

　　阴丹士林布做成的衣服，洗几次之后，缝线就变成很明显的白色了，那是因为阴丹士林布不褪色而线褪色的缘故。这可以证明衣料确是阴丹士林布，但却不知为什么一直没有阴丹士林线，忽然想起守着窗前方桌上缝衣服的大姑娘来了。一次订婚失败而终身未嫁的大姑娘，便以给人缝衣服，靠微薄的收入，养活自己和母亲。我们家姊妹多，到了秋深添制衣服的时候，妈妈总是买来大量的阴丹士林布，宋妈和妈妈两人做不来，总要叫我去把大姑娘找来。到了大姑娘家，大姑娘正守着窗儿缝衣服，她的老妈妈驼着背，咳嗽着，在屋里的小煤球炉上烙饼呢！

　　大姑娘到了我家里，总要待一下午，妈妈和她商量裁剪，因为孩子们是一年年地长高了。然后她抱着一大包裁好了的衣服回去赶做。

　　那年离开北平经过上海，住在娴的家里等船。有一天上街买东西，我习惯地穿着蓝布大褂，但是她却教我换一件呢旗袍，因为穿了蓝布大褂上街买东西，会受店员歧视。在"只认衣裳不认人"的洋场，"自取其辱"是没人同情的啊！

排队的小演员

听复兴剧校叶复润的戏，身旁有人告诉我，当年富连成科班里也找不出一个像叶复润这样小年纪，便有这样成就的小老生。听说叶复润只有十四足岁，但无论是唱功还是做派，都超越了一般"小孩戏剧家"的成绩。但是在那一群孩子里，他却特别显得瘦弱，娇小。固然唱老生的外形要"清癯"才有味道，但是对于一个正在发育期的小孩子，毕竟是不健康的。剧校当局是不是注意到每一个发育期的孩子的健康呢？

这使我不由得想起当年家住在虎坊桥大街上的情景。

虎坊桥大街是南城一条重要的大街，尤其在迁都南京前的北京，它更是通往许多繁荣地区的必经之路。幼年幸运地曾在这条街上住了几年，也是家里最热闹的时期。这条大街上有小学、会馆、理发馆、药铺、棺材铺、印书馆，还有一个造就了无数平剧（即京剧，编者注）人才的富连成科班。

富连成只在我家对面再往西几步的一个大门里。每天晚饭前后的时候,他们要到前门外的广和楼去唱戏。坐科的孩子按矮高排队,领头儿的是位最高的大师兄,他是个唱花脸的,头上剃着月亮门儿。夏天,他们都穿着月白竹布大褂儿,老肥老肥的,袖子大概要比手长出半尺多。天冷加上件黑马褂儿,仍然是老肥老肥的,袖子比手长出半尺多!

他们出了大门向东走几步,就该穿过马路,而正好就经过我家门前。看起来,一个个是呆板的、迟钝的、麻木的,谁又想到他们到了台上就能演出那样灵活、美丽、勇武的角色呢!

那时的富连成在广和楼演出,这是一家女性不能进去的戏院,而我那时跟着大人们听戏的区域是城南游艺园,或者开明戏院、第一舞台。很早就对于富连成有印象,实在是看他们每天由我家门前经过的关系。等到后来富连成风靡了北平的男女学生,我也不免想到,在那一队我幼年所见到的可怜的孩子群里,不就有李盛藻吗?刘盛莲吗?杨盛春吗?

富连成是以严厉出名的,但是等到以新式学校制度的戏曲学校出现以后,富连成虽仍以旧式教育出名,但是有些地方也不能不改进了。戏曲学校用大汽车接送学生到戏院以后,富连成的排队步行也就不复再见。否则的话,学生戏迷们岂不要每天跟着他们的队伍到戏院去?

而我们那时也搬离开虎坊桥,城南游艺园成了屠宰场,我们听戏的区域也转移到哈尔飞、吉祥,以及长安和新新等戏院了。

陈谷子、烂芝麻

如姐来了电话,她笑说:"怎么,又写北平哪!陈谷子、烂芝麻全掏出来啦!连换洋取灯儿的都写呀!除了我,别人看吗?"

我漫写北平,是因为多么想念她,写一写我对那地方的情感,情感发泄在格子稿纸上,苦思的心情就会好些。它不是写要负责的考据或掌故,因此我敢"大胆的假设"。比如我说花汉冲在煤市街,就有细心地读者给了我"小心的求证",他画了一张地图,红蓝分明地指示给我说,花汉冲是在煤市街隔一条街的珠宝市,并且画了花汉冲的左邻谦祥益布店,右邻九华金店。如姐,谁说没有读者呢?不过读者并不是欣赏我的小文,而是借此也勾起他们的乡思罢了!

很巧的,我向一位老先生请教一些北平的事情时,他回信来说:"……早知道这些陈谷子、烂芝麻是有用的话,那咱们多带几本这一类的图书,该是多么好呢!"

原来我所写的，数来数去，全是陈谷子、烂芝麻呀！但是我是多么喜欢这些呢！

陈谷子、烂芝麻，是北平人说话的形容语汇，比如闲话家常，提起早年旧事，最后总不免要说："唉！左不是陈谷子、烂芝麻！"言其陈旧和琐碎。

真正北平味道的谈话，加入一些现成的形容语汇，非常合适和俏皮，这是北平话除了发音正确以外的一个特点，我最喜欢听。想象那形容的巧妙，真是可爱，这种形容语汇，很多是用"歇后语"说出来的，但是像"陈谷子、烂芝麻"便是直接的形容语，不用歇后语的。

做事故意拖延迟滞，北平人用"蹭棱子"来形容，蹭是摩擦，棱是物之棱角。比如妈妈嘱咐孩子去做一件事，孩子不愿意去，却不明说，只是拖延，妈妈看出来了，就可以责备说："你倒是去不去？别在这儿尽跟我蹭棱子！"

或者做事痛快的某甲对某乙说："要去咱们就痛痛快快儿地去，我可不喜欢蹭棱子！"

听一个说话没有条理的人述说一件事的时候，他反复地说来说去时，便想起这句北平话：

"车轱辘话——来回地说。"

轱辘是车轮。那车轮压来压去，地上显出重复的痕迹，一个人说话翻来覆去，不正是那个样子吗？但是它也运用在形容一个人在某甲和某乙间说一件事，口气反复不明。如："您瞧，他跟您那么说，跟我可这么说！反正车轱辘话，来回说吧！"

负债很多的人，北平人喜欢这样形容："我该了一屁股两肋的债呀！"

我每逢听到这样形容时，便想象那人债务缠身的痛苦和他焦急的样子。一屁股两肋，不知会说俏皮话儿的北平人是怎么琢磨出来的，而为什么这样形容时，就会使人想到债务之多呢？

文津街

常自夸说，在北平，我闭着眼都能走回家。其实，手边没有一张北平市区图，有些原来熟悉的街道和胡同，竟也连不起来了。只是走过那些街道所引起的情绪，却是不容易忘记的。就说，冬日雪后初晴，路过驾在北海和中海的金鳌玉蝀桥吧，看雪盖满在桥两边的冰面上，一片白，闪着太阳的微微的金光，漪澜堂到五龙亭的冰面上，正有人穿着冰鞋滑过去，飘逸优美的姿态，年轻同伴的朝气和快乐，觉得虽在冬日，也因这幅雪漫冰面的风景，不由得引发起我活跃的心情，赶快回家去，取了冰鞋也来滑一会儿！

在北平的市街里，很喜欢傍着旧紫禁城一带的地方，蔚蓝晴朗的天空下，看朱红的墙；因为唯有在这一带才看得见。家住在南长街的几年，出门时无论是要到东、西、南、北城去，都会看见这样朱红的墙。要到东北的方向去，洋车就会经过北长街转向东去，到了文津街了，故宫的后门，对着景山的前门，是一条皇宫的街，总是静静的，没有车马喧哗，引发起的是思古之幽情。

景山俗称煤山，是在神武门外旧宫城的背面，很少人到这里来逛，人们都涌到附近的北海去了。就像在中山公园隔壁的太庙一样，黄昏时，人们都挤进中山公园乘凉，太庙冷清清的；只有几个不嫌寂寞的人，才到太庙的参天古松下品茗，或者静默地观看那几只灰鹤（人们都挤在中山公园里看孔雀开屏了）。

景山也实在没有什么可"逛"的，山有五峰，峰各有亭，站在中峰上，可以看故宫平面图，倒是有趣的。古建筑很整齐庄严，四个角楼，静静地站在暮霭中，皇帝没有了，他的卧室，他的书房，他的一切，凭块儿八毛的门票就可以一览无遗了。

做小学生的时候，高年级的旅行，可以远到西山八大处，低年级的就在城里转，景山是目标之一，很小很小的时候，就年年一次排队到景山去，站在刚上山坡的那棵不算高大的树下，听老师讲解：一个明朝末年的皇帝——思宗，他殉国死在这棵树上。怎么死的？上吊。啊！一个皇帝上吊了！小学生把这件事紧紧地记在心中。后来每逢过文津街，便兴起那思古的幽情，恐怕和幼小心灵中所刻印下来的那几次历史凭吊，很有关系吧！

挤老米

读了朱介凡先生的"晒暖",说到北方话的"晒老爷儿""挤老米",又使我回了一次冬日北方的童年。

冬天在北方,并不一定是冷得让人就想在屋里烤火炉。天晴,早上的太阳光晒到墙边,再普照大地,不由得就想离开火炉,还是去接受大自然所给予的温暖吧!

通常是墙角边摆着几个小板凳,坐着弟弟妹妹们,穿着外罩蓝布大褂的棉袍,打着皮包头的毛窝,宋妈在哄他们玩儿。她手里不闲着,不是搓麻绳纳鞋底(想起她那针锥子要扎进鞋底子以前,先在头发里划两下的姿态来了),就是缝骆驼鞍儿的鞋帮子。不知怎么,在北方,妇女有做不完的针线活儿,无分冬夏。

离开了北平,无论到什么地方,都莫辨东西,因为我习惯的是古老方正的北平城,她的方向正确,老爷儿(就是太阳)早上是正正地从每家的西墙照起,玻璃窗四边,还有一圈窗户格,糊的是东昌纸,太阳的光线和暖意都可以透进屋里来。在满窗朝日的方桌前,看着妈妈照镜子梳头,把刨花的胶液用小刷子抿到她的光洁的头发上。小几上的水仙花也被太阳照到了。它就要在年前年后开放的。长方形的水仙花盆里,水中透出雨花台的各色晶莹的彩石来。或者,喜欢摆弄植物的爸爸,他在冬日,用一只清洁的浅瓷盆,铺上一层棉花和水,撒上一些麦粒,每天在阳光照射下,看它渐渐发芽茁长,生出翠绿秀丽的青苗来,也是冬日屋中玩赏的乐趣。

孩子们的生活当然大部分是在学校。小学生很少烤火炉(中学女学生最爱烤火炉),下课休息十分钟都跑到教室外,操场上。男孩子便成群地涌到有太阳照着的墙边去挤老米,他们挤来挤去,嘴里大声喊着:

挤呀!挤呀!

挤老米呀!

挤出屎来喂喂你呀!

这样又粗又脏的话,女孩子是不肯随便乱喊的。

直到上课铃响了,大家才从墙边撤退,他们已经是浑身暖和,不但一点寒意没有了,摘下来毛线帽子,光头上也许还冒着白色的热气儿呢!

卖冻儿

如果说北平样样我都喜欢，并不尽然。在这冬寒天气，不由得想起了很早便进入我的记忆中的一种人物，因为这种人物并非偶然见到的，而是很久以来就有的，便是北平的一些乞丐。

回忆应当是些美好的事情，乞丐未免令人扫兴，然而它毕竟是在我生活中所常见到的人物，也因为那些人物，曾给了我某些想法。

记得有一篇西洋小说，描写一个贫苦的小孩子，因为母亲害病不能工作，他便出来乞讨，当他向过路人讲出原委的时候，路人不信，他便带着人到他家里去看看，路人一见果然母病在床，便慷慨解囊了。小孩子的母亲从此便"弄真成假"，天天假病在床，叫小孩子到路上去带人回来"参观"。这是以小孩和病来骗取人类同情心的故事。这种事情什么时候、什么地方都可以发生的，像在台北街头，妇人教小孩缠住路人买奖券，便是类似的作风。这些使我想起北平一种名为"卖冻儿"的乞丐。

冬寒腊月,天气冷得泼水成冰,"卖冻儿"的(都是男乞丐)出世了,蓬着头发,一脸一身的滋泥儿,光着两条腿,在膝盖的地方,捆上一圈戏报子纸。身上也一样,光着脊梁,裹着一层戏报子纸,外面再披上一两块破麻包。然后,缩着脖子,哆里哆嗦的,牙打着战儿,逢人伸出手来乞讨。以寒冷天衣来博取人的同情与施舍。然而在记忆中,我从小便害怕看那样子,不但不能引起我的同情,反而是憎恶。这种乞丐便名为"卖冻儿"。

最讨厌的是宋妈,我如果爱美不肯多穿衣服,她便要讽刺我:

"你这是干吗?卖冻儿呀?还不穿衣服去!"

"卖冻儿"由于一种乞丐的类型,而成了一句北平通用的俏皮话儿了。

卖冻儿的身上裹的戏报子纸,都是从公共广告牌上揭下来的,各戏院子的戏报子,通常都是用白纸红绿墨写成的,每天贴上一张,过些日子,也相当厚了,揭下来,裹在腿上身上,据说也有保温作用。

至于拿着一把破布掸子在人身上乱掸一阵的乞妇,名

"掸孙儿";以砖击胸行乞的,名为"擂砖",这等等类型乞丐,我记忆虽清晰,可也是属于陈谷子、烂芝麻,说多了未免令人扫兴,还是不去回忆他们吧!

台上、台下

礼拜六的下午,我常常被大人带到城南游艺园去。门票只要两毛(我是挤在大人的腋下进去的,不要票)。进去就可以有无数的玩处,唱京戏的大戏场,当然是最主要的,可是那里的文明戏,也一样的使我发生兴趣,小鸣钟、张笑影的《锯碗丁》《春阿氏》,都是我喜爱看的戏。

文明戏场的对面,仿佛就是魔术场,看着穿燕尾服的变戏法儿的,随着音乐的旋律走着一颠一跳前进后退的特殊台步,一面从空空的大礼帽中掏出那么多的东西:花手绢、万国旗、面包、活兔子、金鱼缸,这时乐声大奏,掌声四起,在我小小心灵中,只感到无限的愉悦!觉得世界真可爱,无中生有的东西这么多!

我从小就是一个喜欢找新鲜刺激的孩子,喜欢在平凡的事物中给自己找一些思想的娱乐,所以,在那样大的一个城南游艺园里,不光是听听戏,社会众生相,也都可以在这天地里看到:美丽、享受、欺骗、势利、罪恶……但是在一个无忧无虑的小女孩的观感中,她又能体会到什么呢?

有些事物,在我的记忆中,是清晰得如在目前一样,在大戏场的木板屏风后面的角落里,茶房正从一大盆滚烫的开水里,拧起一大把毛巾,送到客座上来。当戏台上是不重要的过场时,茶房便要表演"扔手巾把儿"的绝技了,楼下的茶房,站在观众群中惹人注目的地位,把一大捆热手巾,忽下子,扔给楼上的茶房,或者是由后座扔到前座去,客人擦过脸收集了再扔下来,扔回去。这样扔来扔去,万无一失,也能博得满堂喝彩,观众中会冒出一嗓子:"好手巾把儿!"

但是观众与茶房之间的纠纷,恐怕每天每场都不可免,而且也真乱哄。当那位女茶房硬把果碟摆上来,而我们硬不要的时候,真是一场无味的争执。茶房看见客人带了小孩子,更不肯把果碟拿走了。可不是,我轻轻地,偷偷地,把一颗糖花生放进嘴吃,再来一颗,再来一颗,再来一颗,等到大人发现时,去了大半碟儿了,这时不买也得买了。

茶,在这种场合里也很要紧。要了一壶茶的大老爷,可神气了,总得发发威风,茶壶盖儿敲得呱呱作响,为的是茶房来迟了,大爷没热茶喝,回头怎么捧角儿喊好儿呢!包厢里的老爷们发起脾气来更有劲儿,他们把茶壶扔飞出去,茶房还得过来赔不是。那时的社会,卑贱与尊贵,是强烈地对比着。

在那样的环境里:台上锣鼓喧天,上场门和下场门都站满了不相干的人,饮场的,检场的,打煤气灯的,换广告的,在演员中穿来穿去。台下则是烟雾弥漫,扔手巾把儿的,要茶钱的,卖玉兰花的,飞茶壶的,怪声叫好的,呼儿唤女的,乱成一片。我却在这乱哄哄的场面下,悠然自得。我觉得在我的周围,是这么热闹,这么自由自在。

一张地图

瑞君、亦穆夫妇老远地跑来了，一进门瑞君就快乐而兴奋地说：

"猜，给你带什么来了？"

一边说着，她打开了手提包。

我无从猜起，她已经把一叠纸拿出来了：

"喏！"她递给了我。

打开来，啊！一张崭新的北平全图！

"希望你看了图，能把文津街、景山前街连起来，把东西南北方向也弄清楚。"

"已经有细心的读者告诉我了，"我惭愧（但这个惭愧是快乐的）地说，"并且使我在回忆中去了一次北平图书馆和北海前面的团城。"

在灯下，我们几个头便挤在这张地图上，指着，说着。熟悉的地方，无边的回忆。

"喏，"瑞妹说，"曾在黄化门住很多年，北城的地理我才熟。"

于是她说起黄化门离帘子库很近,她每天上学坐洋车,都是坐停在帘子库的老尹的洋车。老尹当初是前清帘子库的总管,现在可在帘子库门口拉洋车。她们坐他的车,总喜欢问他哪一个门是当初的帘子库?皇宫里每年要用多少帘子?怎么个收藏法?他也得意地说给她们听,温习着他那些一去不回的老日子。

在北平,残留下来的这样的人物和故事,不知有多少。我也想起在我曾工作过的大学里的一个人物。校园后的花房里,住着一个"花儿把式"(新名词:园丁。说俗点儿:花儿匠),他整日与花为伍,花是他的生命。据说他原是清皇室的一位公子哥儿,生平就爱养花,不想民国后,面对现实生活,他落魄得没办法,最后在大学里找到一个园丁的工作,总算是花儿给了他求生的路子,虽说惨,却也有些诗意。

整个晚上,我们凭着一张地图都在说北平。客人走后,家人睡了,我又独自展开了地图,细细地看着每条街,每条胡同。回忆是无法记出详细年月的,常常会由一条小胡同,一个不相干的感触,把思路牵回到自己的童年,想起我的住室，我的小床，我的玩具和伴侣……一环跟着一环，故事既无关系，年月也不衔接，思想就是这么个奇妙的东西。

第二天晏起了，原来就容易发疼的眼睛，因为看太久那细小的地图上的字，就更疼了！

虎坊桥

常常想起虎坊大街上的那个老乞丐,也常想总有一天把他写进我的小说里。他很脏、很胖。脏,是当然的,可是胖子做了乞丐,却是在他以前和以后,我都没有见过的事;觉得和他的身份很不衬,所以才有了不可磨灭的印象吧!常在冬天的早上看见他,穿着空心大棉袄坐在我家的门前,晒着早晨的太阳在拿虱子。他的唾沫比我们多一样用处,就是食指放在舌头上添一舔,沾了唾沫然后再去沾身上的虱子,把虱子夹在两个大拇指的指甲盖儿上挤一下,"嗒"的一声,虱子被挤破了。然后再沾唾沫,再拿虱子。听说虱子都长了尾巴了,好不恶心!

他的身旁放着一个没有盖子的砂锅,盛着乞讨来的残羹冷饭。不,饭是放在另一个地方,他还有一个黑脏油亮的帆布口袋，干的东西像饭、馒头、饺子皮什么的，都装进口袋里。他抱着一砂锅的剩汤水，仰起头来连扒带喝的，就全吃下了肚。我每看见他在吃东西，就往家里跑，我实在想呕吐了。

对了，他还有一个口袋。那里面装的是什么？是白花花的大洋钱！他拿好了虱子，吃饱了剩饭，抱着砂锅要走了，一站起身来，破棉裤腰里系着的这个口袋，往下一坠，洋钱在里面打滚儿的声音叮当响。我好奇怪，拉着宋妈的衣襟，指着那发响的口袋问：

"宋妈，他还有好多洋钱，哪儿来的？"

"哼，你以为是偷来的、抢来的吗？人家自个儿攒的。"

"自个儿攒的？你说过，要饭的人当初都是有钱的多，好吃懒做才把家当花光了，只好要饭吃。"

"是呀！可是要了饭就知道学好了，知道攒钱啦！"宋妈摆出凡事皆懂的样子回答我。

"既然是学好，为什么他不肯洗脸洗澡，拿大洋钱去做套新棉袄穿哪？"

宋妈没回答我，我还要问：

"他也还是不肯做事呀？"

"你没听说吗？要了三年饭，给皇上都不当。"

他虽然不肯做皇上，我想起来了，他倒也在那出大殡的行列里打执事赚钱呢！烂棉袄上面套着白丧褂子，从丧家走到墓地，不知道有多少里路，他又胖又老，还举着旗呀伞呀的。而且，最要紧的是他腰里还挂着一袋子洋钱哪！这一身披挂，走那么远的路，是多么的吃力呢！这就是他荡光了家产又从头学好的缘故吗？我不懂，便要发问，大人们好像也不能答复得使我满意，我就要在心里琢磨了。

家住在虎坊桥，这是一条多姿多彩的大街，每天从早到晚所看见的事事物物，使我常常琢磨的人物和事情可太多了。我的心灵，在那小小的年纪里，便充满了对人世间现实生活的怀疑、同情、不平、感慨、兴趣……种种的情绪。

如果说我后来在写作上有怎样的方向，说不定是幼年在虎坊桥居住的几年，给了我最初的对现实人生的观察和体验吧！

没有一条街包含了人生世相的这么多方面；在我幼年居住在虎坊桥的几年中，是正值北伐前后的年代。有一天下午，照例地，我们姊弟们洗了澡换了干净的衣服，便跟着宋妈在大门口上看热闹了。这时来了两个日本人，一个人拿着照像匣子,另一个拿着两面小旗,是青天白日旗。红黄蓝白黑五色旗刚刚成了过去。小日本儿会说日本式中国话,拿旗子的走过来笑眯眯地对我说:

"小妹妹的照像的好不好?"

我不知道这是怎么一回事,和妹妹直向后退缩。他又说:

"没有关系,照了像的我要大大的送给你的。"然后他看着我家的门牌号数,嘴里念念有词。

我看看宋妈,宋妈说话了:

"您这二位先生是——?"

"噢,我们的是日本的报馆的,没有关系,我们大大的照了像。"

大概看那两个人没有恶意的样子,宋妈便对我和妹妹说:"要给你们照就照吧!"

于是我和妹妹每人手上举着一面青天白日旗,站在门前照了一张像,当时也不知道究竟是为什么要这样照。等到爸爸回家时告诉了他,他不但没有生气,反而玩笑着说:

"不好喽,让人照了像寄到日本去,不定是做什么用哪,怎么办?"

爸爸虽然玩笑着说，我的心里却是很害怕，担忧着。直到有一天，爸爸拿回来一本画报，里面全是日本字，翻开来有一页里面，我和妹妹举着旗子的照片，赫然在焉！爸爸讲给我们听，那上面说，中国街头的儿童都举着他们的新旗子。这是一本日本人印行的记我国北伐成功经过的画册。

对于北伐这件事，小小年纪的我，本是什么也不懂的，但是就因为住在虎坊桥这个地方，竟也无意中在脑子里印下了时代不同的感觉。北伐成功的前夕，好像曾有那么一阵紧张的日子，黄昏的虎坊桥大街上，忽然骚动起来了，听说在逮学生，而好客的爸爸，也常把家里多余的房子借给年轻的学生住，像"德先叔叔"（《城南旧事》小说里的人物）什么的，一定和那个将要迎接来的新时代有什么关系，他为了风声的关系，便在我家有了时隐时现的情形。

虎坊桥在北京政府时期，是一条通往最繁华区的街道，无论到前门，到城南游艺园，到八大胡同，到天桥……都要经过这里。因此，很晚很晚，这里也还是不断车马行人。早上它也热闹，尤其到了要"出红差"的日子，老早，街上就涌来各处来看"热闹"的人。"出红差"就是要把犯人

虎坊桥

押到天桥那一带去枪毙，枪毙人怎么能叫作看热闹呢？但是那时人们确是把这件事当作"热闹"来看的。他们跟在载犯人的车后面，和车上的犯人互相呼应地叫喊着，不像是要去送死，却像是一群朋友欢送的行列。他们没有悲悯这个将死的壮汉，反而是犯人喊一声："过了十八年又是一条好汉！"群众就跟着喊一声："好！"就像是舞台上的演员唱一句，下面喊一声"好"一样。每逢早上街上涌来了人群，我们就知道有什么事了，好奇的心理也鼓动着我，躲在门洞的石墩上张望着。碰到这时候，母亲要极力不使我们去看这种"热闹"，但是一年到头常常有，无论如何，我是看过不少了，心里也存下了许多对人与人间的疑问：为什么临死的人了，还能喊那些话？为什么大家要给他喊"好"？人群中有他的亲友吗？他们也喊"好"吗？

同样的情形，大的出丧，这里也几乎是必经的街道，因为有钱有势的人家死了人要出大殡，是所谓"死后哀荣"吧，所以必须选择一些大街来绕行，做一次最后的煊赫！沿街的商店有的在马路沿摆上了祭桌，披麻戴孝的孝子步行到这里，叩个头道个谢，便使这家商店感到无上的光荣似的。而看出大殡的群众，并无哀悼的意思，也是抱着看热闹的心情，流露出对死后有这样哀荣，有无限羡慕的意思在。而在那长长数里的行列中，有时会看见那胖子老乞丐的。他默默地走着，面部没有表情，他的心中有没有在想些什么？如果他在年轻时不荡尽了那些家产，他死后何尝不可以有这份哀荣！他会不会这么想？

欺骗的玩意儿，我也在这条街上看到了。穿着蓝布大褂的那个瘦高个子，是卖假当票的。因为常常停留在我家的门前，便和宋妈很熟，并不避讳他是干什么的。宋妈真奇怪，眼看着他在欺骗那些乡下人，她也不当回事，好像是在看一场游戏似的。当有一天我知道他是怎么回事时，便忍不住了，我绷着脸瞪着眼，手叉着腰，气势汹汹地站在门口。卖假当票的竟说：

"大小姐，我们讲生意的时候，您可别说什么呀！"

"不可以！"我气到极点，发出了不平之鸣，"欺骗人是不可以的！"

我的不平的性格，好像一直到今天都还一样的存在着。其实，对所谓是非的看法，从前和现在，我也不尽相同。总之是人世相看多了，总不会不无所感。

也有最美丽的事情在虎坊桥，那便是春天的花事。常

虎坊桥

常我放学回来了，爸爸在买花，整担的花挑到院子里来，爸爸在和卖花的讲价钱，爸原来只是要买一盆麦冬草或文竹什么的，结果一担子花都留下了。卖花的拿了钱并不掉头走，他会留下来帮着爸爸往花池或花盆里种植，也一面和爸爸谈着花的故事。我受了勤勉的爸爸的影响，也帮着搬盆移土和浇水。

我早晨起来，喜欢看墙根下紫色的喇叭花展开了她的容颜，还有一排向日葵跟着日头转，黄昏的花池里，玉簪花清幽地排在那里，等着你去摘取。

虎坊桥的童年生活是丰富的，大黑门里的这个小女孩是喜欢思索的，许是这些，无形中导致了她走上以写作为快乐的路吧！

老北京的生活

去年五月北京之行,见到侄子祖煃,他马上递过来这本1990年新出版的"老"书。我说它老,是因为这三十三万言的新书,其内容可是三四十年代的旧文章,而且说的是比三四十年代更老的老北京的生活。拿起来先扫瞄一番,使我倍觉亲切。尤其里面插图都是线条素描,又简单又写实,无论人或物,都在那几笔特写中见其真实。这是侄子在书刚出版,就特为叔婶买的。

本书的作者是金受申,我和何凡都很知道的一位专写掌故、民俗的老北京作者。我想在台湾的老北京一定对作者金受申也不陌生。这本书是专写老北京习俗、掌故、风物集辑而成。我记得早年在北京看见过他,是位瘦瘦穿着长袍的人。本书内记载他的简历是1906—1968,终年不过六十二岁,在这年头儿看起来,去世似嫌早了点儿。

金受申先生原都是在各报刊拉杂写有关北京的民俗、掌故等小文章,后来在1938年,《立言画刊》(周刊)的创办人金达志请他为该刊写一专栏,题名《北京通》,他欣然允诺。专栏一开,他一口气就写了两百多篇,这岂是一般作家所能做到的?原来金受申是满族人,生于清末,所以他能凭记忆、观察、研究,把个清末民初的生活种种写得淋漓尽致。更为一般人所做不到的是,他所写各篇,内容不但实在、有趣,而且每事的来历都纪实道来,不是胡诌的,他自己也曾为文说:

……北京的风俗物事,一事有一事的趣味,一事有一事的来历,小小的一个玩物也有很深微长远的历史。我写《北京通》的目的,并不是炫曝我如何通,只是想用一种趣味化的文字,描写北京的实际状,我的目标是纪实,我的手段是勤问、勤记。记这类旧事,一方面给过来人一种系恋,一方面把过去的北京风俗,前人所未记载,不见文人笔墨的事故,记下来保存。

我所以特把金受申这段话摘录下来，就是觉得他的做法给今日的采访记事者看看，也还有其意义。现在，有多少人能有这种认真的态度呢！本书的篇章是写在三四十年代，可是直等到他1968年过世，又过了二十一年的1989年，文史资料研究委员会才感觉其对研究北京的历史和民俗的重要，而整理了这批珍贵的史料，编辑出版。距离他写作开始的1938年，已有半个世纪了。这半个世纪，北京的生活有没有改变？改变了多少？我翻阅这本书，给我很大的兴趣和感受。

书中可以说整个写的是民间生活，我看看篇题，倒也都知道，无论四季生活、婚丧礼俗、吃喝玩乐、百业杂陈，以及下层社会剪影等，我虽未身临体验，却是看过听说过。尤其看那一百五十六幅插图，每一幅都说明了它的真实性，这些图也是不可抹灭的资产，因为你如叫现在一代的人（即使是在北京的画家），恐怕也画不出来。他不但不可能用记忆来画，就是找那实际的物件和人物举动姿势，也无法传神。许多我看了都会引起我的回忆和会心微笑。

例如《大酒缸》，这个北京特有的生活形态（可不是台北的酒廊啊），我时常在街巷道旁干货店的柜台旁一角看见。北京的干货店大都是山西人经营,这店旁一角的大酒缸,可真是有一个桌子大的大酒缸,上面盖着大圆木盖,就算是桌面。三两好友,或者独自个儿,坐在桌旁饮起酒来,酒壶是锡制的,桌上摆着就酒的小碟中,无非是花生米、拌白菜、煮毛豆之类现成的。据说这里只供应"白干儿"酒(高粱酒也),应时的酒菜比如黄花鱼、醉蟹、鲜藕等也应时准备,但都是冷食而非现炒的,因为它不是餐馆。但是店铺门外两旁,则一定有些推车摊子等的寄生营业,专现做热菜,如爆炒牛羊肉、炖黄花鱼等。但是要知道,下大酒缸都是"老爷们儿"的生活,女人可没有下大酒缸的。或曰那么你林海音怎么知道这么多?我是从小整天上学上街都看见,听也听说过,而且金受申这篇两千多字的文章更是写得详细有趣。

我又记起一事,那就是当我在北平世新读书时,校址在西四丰盛胡同,那里有一个横胡同口,就有一家杂货店里有大酒缸,而那对面两旁还有羊肉床子、水果、烧饼等所谓寄生营业店铺。我们同学常常在下课后到这儿来买刚出炉的热烧饼,夹上刚烧好的烧羊肉,然后就一杯冰凉的酸梅汤,旁边则是几个大男人围坐着在大酒缸旁饮酒哪!

所以我一掀开《大酒缸》这页，一眼看见素描图，就别提多么眼熟亲切了。

作者的勤记、勤问，使他的这本四百多页、二百篇文、一百五六十幅插画，都是那么认真仔细的散文记述。可惜的是书成他却早已看不见，只留给后人无限的思念和欣赏。更重要的是他所留下的，是无价的民俗生活记录的财产。我特选了几幅插图刊印于此，也可使读者欣赏这些素描图的有趣可爱。

写至此，我忽然又随手找出一本存书，那是在台湾的一位写国剧和北平事务的作者陈鸿年的著作《故都风物》。这本书也是在作者去世（1965年）后的1970年由正中书局出版，书中也列了二百多篇故都风物，但他写的不如金受申之详尽，这恐怕是独身居台湾，勤记则有，勤问则就没那么方便吧！有许多篇两人都写到同一事物，对照着看，颇是有趣。但两人都太早过世，令人惋惜不已，按说这种作家也该算是我们国家的国宝级啊！

我的京味儿回忆录

故居何处？

自从开放到大陆探亲以后，亲友见了我，都会问我，是否要到大陆去探访亲友故旧和故居，我笑着摇摇头，谢谢他们的关心，我告诉他们，一时尚无此打算。十年以来，已经辗转和大陆亲友通了信，近二三年更在港和我唯一留在大陆的三妹母女及外子承楹的幺妹、妹夫见过面，也时常通信。在美的晚辈——儿子、媳妇、女婿、侄子也都去过大陆，见过家人了，每个家人亲友的状况大概知道，也就不忙在一时去相见。至于地方，我常笑对此地的亲友说："北平连城墙都没了，我回去看什么？"正如吾友侯榕生十年前返大陆探亲，回来写的文章中一句我记得最清楚、也颇有同感的话,她说:"我的城墙呢?"短短五个字,我读了差点儿哭出来。

  但是近来却因此一热门儿话题,使得北京的景色、童年、人物,扑面而来,环绕着我,不知道回忆哪一桩好了。过去的写作,无论小说、散文的内容,也无论文字的运用,总是"京味儿"的居多,在那儿住了二十六年了嘛!这次正要把这一类的作品,尚未结集的,出一专集,想着还有许多记忆深刻的没有记出来,就打算再写一次打总儿的,但是从何说起呢?我的晚辈以及在大陆的亲友,曾经把我住过的街道、故居、我的母校等拍了照片寄给我,虽然有的已经无从确认,却也给了我许多回忆。有一位表弟读到我作品中所写到的街道、商号等,竟去寻找,拍了照片寄给我看,真使我感谢又感动。那么我何不就从我在北京—北平—北京—北平—所居住过的地方:珠市口—椿树上二条—新帘子胡同—虎坊桥—西交民巷—梁家园—南柳巷—永光寺街—南长街,顺序以杂忆方式记录下来呢!

珠市口

1922年父亲在北京安顿好了他的职业，便回台湾来接母亲和我到北京去，那时我五岁，穿着小和服。当时暂住西珠市口的谦安客栈，这种客栈可久居、暂居，可单身或携眷。珠市口分东西，以正阳门大街为界，是当时很繁华热闹的市区，因为当时北京是首都，北伐尚未成功。北京城方方正正，城分内外，一切繁华都在正阳门以南的外城，所以饭店、戏院、大商号、八大胡同妓院都在前门（即正阳门）外一带。

我们所暂住的谦安栈，旁边就是北京著名的第一舞台，我赶上看一次北京的大义务戏，什么都不记得，只记得有一童伶武生李万春。在台湾跟他的小弟弟李环春谈起来，环春说："您看我大哥戏的时候，我还不知道在哪儿呢！"意思就是说，他还没出生呢！

从谦安栈向西走下去，就是虎坊桥、骡马市，是南城的热闹大街。珠市口向南去，离城南游艺园、天桥、天坛等地不远，附近则是八大胡同——妓院的集中地，白天冷冷清清，华灯初上，每家妓院照得像白昼一样，妓女的名牌都挂出来，镜框里用彩色小灯泡缀着黛玉、绿珠、翠环等花名。这时全城已静，只有八大胡同门前是车水马龙，停满了点着四个倍儿亮车灯的自用洋车，那都是当时北洋政府时代的达官显要所有。高级的妓院叫"清吟小班"，大都是苏州人，"二等茶室"则是北地胭脂了。到了北伐成功，迁都南京，八大胡同有名无实，完全成了历史名词了。

椿树上二条

在谦安栈暂住不久,就搬到椿树上二条了。这是我在北京生长、生活起步的第一个居家。其实这是永春会馆的后进,正门在椿树上头条,这里另开一个后门出进,中间隔着一个大院子,院子里有一棵槐树,到了夏天槐树开花,唧鸟(蝉)叫,树上挂吊下来许多像蚕一样的槐树虫,俗称吊死鬼,淡淡绿像槐树花一样的颜色。它也是我的第一种大自然玩具。预备一个玻璃瓶,一双筷子,把吊死鬼夹下来放进瓶子里观赏。看那蠕动的一群,实在肉麻,不知为什么我们小孩子会喜欢这样的玩意儿?

在椿树上二条,开始了我成为一个北京小姑娘的生活,我开始穿着打了皮头儿的布鞋,开始穿袜子,开始喝豆汁儿,开始吃涮羊肉(都是我母亲捏着鼻子、一辈子不曾入口的),也开始上师大附小一年级,ㄅ、ㄆ、ㄇ、ㄈ,接受全盘的中国新教育了。

当然,父亲也开始严格地管教我,不许我迟到,不许我坐洋车上学。清晨起来，母亲给我扎紧了狗尾巴一般的小黄辫子，斜背着黄色布制上面有"书包"二字的书包，走出家门。胡同有小黑狗紧追我两步，老怕它咬我脚后跟。走出椿树上二条，穿过横胡同，走一段鹿犄角胡同，到了西琉璃厂，首先看见的就是羊肉床子大宰活羊血淋淋地倒在门口，心惊肉跳地闪避着走过去，到了厂甸向北拐走一段就是面对师大的附小了。在晨曦中我感觉快乐、温暖，但是第一次父亲放我自己走去学校，我是多么害怕。我知道必须努力地走下去，这是父亲给我的人生第一个教育，事事要学着"自个儿"。

在椿树上二条，母亲又给我带来了三妹燕珠和弟弟燕生，弟弟的来到，是林家的喜事，因为我有两位异母姐姐和二妹留在台湾，这时我父亲已有五个女儿，这弟弟来到人间是很重要的。凡是我母亲在北京生的孩子，名字上都有一个"燕"字。

我在《城南旧事》写作中重要的人物——宋妈，也在弟弟出生后来做他的奶妈。

那时候家中的日常用品，常常都是到下斜街的土地庙去买，庙会的日子好像是逢三吧。我随母亲、宋妈去土地庙，她们买家用品，笤帚、畚箕什么的，我就吃灌肠、扒糕（至今想起那食物还要流口水），不然就是玩那永远连个小泥狗都套不着的套圈儿游戏。

这时家中由三口变成六口了，椿树上二条一溜三间的房子，似乎不够住了，父亲就托送信的邮差给找房子，因为父亲这时已经在北京邮政总局工作了。在这以前他是在日本人办的日文报纸《京津日日新闻》工作。

新帘子胡同

新帘子胡同是在内城。刚搬去的时候,我到厂甸上学,必须沿着顺城街走出顺治门(也叫宣武门),再走西河沿到学校,这时路途远,不能走路上学了,于是就包了洋车每天接送我。但是过不久,就在正阳门和宣武门之间开了一个新城门,那就是最早叫兴华门,后来叫和平门的。城墙还没开好,人是可以走路通过了,这给了小学生我一个大乐趣,每天上学走过拆城墙所堆集的城砖土堆,崎岖不平地走来跳去,有一种小心、选择、完成的不畏艰难感吧!我喜欢每天走出所居住的和平门里新帘子胡同,走一段大街,穿过和平门,就到了南新华街的学校,再也不要坐洋车绕宣武门了。

新帘子胡同的家因为在胡同尽头,是个死胡同,所以很安静,每天在我放学后摞下书包,就跟宋妈带着弟弟妹妹到大街上看热闹,或者在我放学回来时,宋妈和弟、妹已经站在门口儿"卖呆儿"等着我了。

宋妈在门口儿，都是拿了小板凳，并不是人家描写北平大姑娘站在门口儿"卖呆儿"的那种样子。小板凳不止一个，因为弟弟、妹妹也要坐，宋妈教弟弟妹妹念歌谣，看见我回来，他们就会冲着我念："拉大锯，扯大锯，姥姥家门口唱大戏。先搭棚，后结彩，羊肉包子朝上摆。接姑娘，请女婿，小外孙也要去。人家姑娘都来到，我的姑娘还没来。说着说着就来了，骑着驴，打着伞，光着屁股，挽个髻。"

　　我们到大街上看热闹，因为北京如有大出殡，这儿也常是必经之路。出殡的行列能有几里长，足够你看上两小时的。

虎坊桥

在北京的居所,只有两次住大街的,谦安客栈不算,虎坊桥是叫大街,南长街是大街,西交民巷则比街小,比胡同大。虎坊桥是我成长中最难忘的地方,这时我的二妹也从台湾送到北京来,而我母亲又在虎坊桥生了四妹、五妹,家里人口旺,虎坊桥大街上也多彩多姿,我在《城南旧事》和其他短篇怀念中,都有以此地为背景,或者专文记载。我的二妹来时已八岁,该入小学二年级了,但是她因言语不通,没读过书,所以插入隔壁的第八小学(后来叫虎坊桥小学)一年级。有一天她放学回来,对母亲说:"老师叫我明天拿孔子公去。"母亲纳闷,怎么叫作拿孔子公去呢?原来老师是叫拿通知簿去,她以台语谐音听成孔子公。她所以知道孔子公,是因为台湾亦尊孔,管孔子叫孔子公的。

虎坊桥的这所三进大房子,原来是广东的蕉岭会馆,我林家是七代以前从广东蕉岭移居台湾头份,祖父生前还每年返蕉岭拜祖祠，因此父亲在北京也就跟客家人很熟，租了蕉岭会馆全馆。北京各省会馆很多，都是清朝各地上京赶考学子所居住的，民国以后没有考举之事，会馆里虽然仍住有各省学生，也有很多租给人住家，以便有收入作管理会馆的费用。

父亲爱漂亮、清洁，把蕉岭会馆油刷整理一新，那时父亲交游广，家里人口多，我们已有六姐弟，再加车夫、宋妈及另一奶妈，家里就有十一口人了。周末总是有客人来玩，母亲每天多是到广安门大街的广安市场去买菜，鱼虾就到西河沿去买。春天门口有挑担或推车专卖黄花鱼、对虾的，青菜则有整辆车的红梗绿菠菜。清末皇族趣谈，说西太后逃难在外，乡下没得可吃，某日御厨上来了一道菜。西太后在她那宫里每天一百八十道菜中从没见过，吃起来倒不难吃，便问这是什么菜，御厨思索了一下，找了句吉祥好听的，便说："太后老佛爷，这是金镶白玉板红嘴绿鹦哥哪！"原来只是油煎豆腐烧菠菜，就是这种红绿相映的菠菜。

我住虎坊桥，已经上三四年级了，每日仍是走读，这次和住新帘子胡同相反方向。上学是由虎坊桥大街走到京华印书馆向北转走一条南新华街，经过臧家桥、大小沙土园等路口，到了厂甸、海王村直走下去，就是附小了。记得沙土园口上有一家蜀珍号，专卖干货的，他们自制辣萝卜干，颜色红白相映，辣乎乎的，好吃极了，我常常买了一包，没等到家就在路上打开捏着一根一根地吃。又有一家小南方饭馆，中午不愿回家吃饭，就在这饭馆吃霉干菜肉末包子，每次只是吃三大枚或加叫一碗汤共五大枚，而且不用付现款，记在一个小折子上，每月算账。

这时是北伐"闹革命"的时候，也是新文化运动、妇女解放运动到了极致的时候，许多女孩子剪了辫子了，在我附小也每天看见有新剪发的同学。附小韩主任禁不住召集全校同学到大礼堂，说明"身体发肤受之父母不可毁伤"的大道理，但时潮扑来，拦不住了，我也剪了发，虽胆战心惊的，还好父亲看见了，没讲什么。但是制服的问题，却很严重，使我痛苦极了，这时我们又搬家了。

西交民巷

知道北京东交民巷的人,都知道那是使馆区。西交民巷没有东交民巷那么漂亮,但因为是银行区,所以也很整洁,我家对面就是中国银行,父亲叫我到日本正金银行去取款,是在东交民巷。我小小年纪,手捏着银行存款簿,也捏着一把汗。父亲叫我去取"金叁拾圆也",是有意训练我吗?我自此不得不凡事努力以赴,父亲老早离开我们,亏得我这做大姐的受了父亲的严格训练,也不知天高地厚,什么都不怕地硬闯。

说到制服,我们学校原是穿中式右大襟衣裙或大褂儿。新潮来,学校改制服样式了,是衣连裙翻领的,质料仍是月白竹布。我的父亲真不讲理,他说穿这样差的料子和样式像外国乞丐,非叫我仍穿中式竹布大褂儿不可。制服怎么能不穿呢!母亲也怕父亲,她出个主意,每天让我把制服穿在里面,外套竹布大褂儿,到了学校,我就先脱了大褂儿叠好放在传达室,才去教室上课,放学时再到传达室套上大褂儿。这样有多久，我已经不记得了。

宋妈常常带了弟弟、妹妹，端了小板凳到对面中国银行的树荫下去坐，等着我和二妹放学回来。这时二妹还在虎坊桥的第八小学。我们每天都要穿过和平门，我先到附小，她再一直走下南新华街，到了虎坊桥大街东拐走一段就到了。

我们的隔壁是一位回教的外科大夫赵炳南挂牌行医，父亲跟他成了街坊朋友。记得我家有一架手摇的日本小留声机，小小的唱片，唱出来的是日本童歌《桃太郎》什么的，赵大夫觉得有趣，还借去听来着。后来我们搬离了西交民巷，他也搬到对面一所平房。我所以对他有深刻印象，是我的五妹燕玢有一年脸上过敏长满了疙瘩，西医无法，就到赵炳南那儿去治疗，涂了他给的药膏（小扁盒装），很快起了一层痂，掉了后就是一张漂亮白净的小脸蛋儿了。又多年后，焊儿三岁得疝气，小儿科麻大夫最后要给动手术了，我很担心。那天早上，上麻大夫诊所经过西交民巷，看见赵炳南的牌子，我忽然灵机一动，停车下来问门口儿挂号的，治不治疝气。他很和气地说："倒是也有人来治过。"我就带进去给赵大夫看，并且告诉他，我们曾是街坊的事。他听了很高兴,给了仍是小扁盒的药膏。肿胀存水的疝气,果然不数次就消肿痊愈了。因而对赵炳南的印象很深。

若干年前(有十多年了)在海外看到一篇报道,赵炳南已成为大陆的名医,不再是一般人叫他是"瞧疙瘩的"了。他所治的疑难之症,不光是像我妹妹满脸疙瘩或者我儿子的小肠疝气,什么鼠疮、湿疹、挖子弹……各种怪病他都治好过。他出生在一个糕饼店的工人家庭,十四岁的时候在北京的一家德善医室当学徒,每天工作二十小时。有一天他在制膏药,一边用棍子搅油膏,一边打瞌睡,一只手不小心插进了滚烫的油膏锅里,手上的皮整个烫脱掉了,疼得他无法忍受,只好拿些冰片撒在上面。谁知老板看见了,夺过冰片,还揍了他一顿。可能受了这刺激,他在小小年纪便努力钻研,终于掌握了一些外科疗术技巧。老年后还出版了一本《赵炳南临床经验》的三十万字大书。

我在西交民巷住的时候,念小学五年级了。某年家旁的房子,白粉门墙上忽然发现了"福音堂"三个字,每个周末,像上课一样,洋人传道。我的父亲要我去听,他以为也许可以学点儿英语吧!其实我是喜欢那儿发的画片,英语一个字儿也没学过,倒是学会了这样的歌:"耶稣爱我真不错,因有圣书告诉我,凡小孩子都牧羊……"

街头上也常常来一队救世军的传教人,就在中国银行门前空地上,他们也是洋鬼子,穿着救世军的灰色制服。紫红色的领子上有"救世军"三个字,听见他们用的乐器(摇鼓)一响,各家的小孩都往外跑,围着他们看热闹,听传教,谁真的去信教哪!

这时我的父亲却因肺病住了医院,他住过德国医院,日华同仁医院。在我们又搬到梁家园的时候去世。

梁家园

梁家园的家是两层楼,这在北京南城是较少见的。出了南口是热闹的骡马市大街,购日常用品很方便,著名的店如佛照楼、亿丰祥、西鹤年堂都在这一带。北口外对面就是十九小学(后来叫梁家园小学),我的二、三妹及弟弟都入这间小学,出入真是方便极了。我记得在房顶平台上就可以眺望教室前的大操场。可惜的是父亲这时已病重,终于在东单三条的日华同仁医院以四十四岁的英年去世。父亲临死前遗命要火化,骨灰带回台湾。而且他还嘱咐说,骨灰盒不能随便放在行李箱里,一定要手捧着。父亲在日本火葬场火化,日本和尚念的经。但在做七的时候,是用北京规矩,烧的纸糊冥器楼船人物等。从此以后,我们便在并非陌生的异乡北平和寡母相依为命过日子。

父亲去世后,祖父曾来数信要我们回台湾,我才念初一,首先就不肯,我说我才不回去念日本书!名字中带有

"燕"字的弟弟、妹妹们,更是对台湾一无所知,而母亲,我知道她在北京过了这么多年自由自在的日子,她是台北板桥人,是讲闽南话的,父亲是头份客家大家庭,母亲在客家村里过了两年吃力的儿媳妇的日子,她是放足,个子矮小,也要背着孩子轮流上灶台,怎能跟那些大脚片子的婶母、姑母们比,她怎么愿意回去呢!好了,我这大女儿这么一说,她也就顺从我们,正乐得不回去了。

南柳巷

既如此，为了生活的节省，就搬到南柳巷五十五号的晋江会馆，不必付租金的房子。我们虽非晋江人，但是母亲的祖先却是福建同安移民到台湾的。

在北平我们认识的朋友、同乡，说闽南话的，以客家人为多，所以生活虽较艰苦，却不寂寞，我们姐妹多，每天上下学绕着母亲过日子，她为我们洗衣煮饭，烧我们爱吃的饭菜。

她的菜式是台湾菜、客家菜，许多青菜如韭菜、莴笋叶、菠菜什么的，都用开水烫了蘸日本万字酱油。她也善烧五柳鱼，青蒜烧五花肉，炒猪肝、猪心、姜丝炒猪肺等等，原来都是台式或客家菜。我却另有一套北京吃儿，当然以面食为主，饺子、馅饼、韭菜篓、抻条炸酱面、薄饼卷大葱、炒韭黄豆芽菜什么的。在这样的饮食爱好下，我从小就学着帮宋妈擀皮包饺子，用炙炉烙盒子。喜欢做是因为爱吃嘛！

说到吃,我倒要"插播"一下。住西交民巷的时候,每天中午回家吃饭,看见饭好了,菜可还没炒,就急得跳脚,怕下午上学迟到。母亲就拿炼好的猪油和日本万字酱油浇在热腾腾的京西稻煮的饭里,吃起来是甘、甜、香,别提多好吃啦!可是半年下来,我们上学的孩子,脸蛋儿就都胖嘟嘟地滚圆起来。

入中学正是发育成长期,我又好吃,自己倒也有几样怪异的食谱:

汽水泡饭。夏季里打开一瓶冰镇的玉泉山汽水,倒入热饭里,好像汤泡饭似的,吃起来非常爽凉。

茶泡饭就酱萝卜。六必居、天源或铁门,都是北平出名的酱园。母亲说我喜欢这样吃,是因为小时候在日本吃"御茶渍"吃的,日本人常吃茶泡饭,日本的酱菜叫"福神渍"的,配着吃也是很清爽的。一直到现在,我还是喜欢吃茶泡饭就酱瓜,就这样也能当作一顿饭。

烧饼夹烧羊肉就酸梅汤。夏季的下午四五点,每家羊肉床子都会烧一锅五香羊肉,香气四溢。这时放学,肚子有点饿,买烧羊肉夹在刚出炉的烧饼里,旁边如有干果店,就来一碗冰镇酸梅汤,热烧饼羊肉就冰凉酸梅汤,现在想着还是流口水。我想起现在我为什么喜欢吃洋玩意儿叫"潜水艇"的,把法国长面包烤好剖开,夹入烤牛肉或鲔鱼或火腿,再加一些生菜、洋葱等,配一瓶可口可乐,意思是一样的啊!

烧饼油条夹泡菜。这是吃早点的,热芝麻酱烧饼夹刚炸的油条,再夹入一些酸辣泡菜,另有一番味道。

自从我们决定不回台湾老家以后,我当然就一天天地成了林怀民所形容的我:"台湾姑娘,而有北京规矩。"饮食、语言,我都是京味儿了。闽南话虽然说,但是变成了"北京台语"。

就在我家斜对面,是名为"永兴寺"却看不出庙样儿的房子,俗名儿叫南柳巷"报房"。它在北平的报业史上却是得写上一笔的,因为永兴寺成了北平报纸的派报处,每早四五点,天还没亮,所有批卖报纸的都集中在此。就在我家墙外,一片吵噪之声,因为他们就蹲在墙根儿等报。卖杏仁茶的挑子也来了,冬境天儿,北平人习惯早上喝碗杏仁茶,热乎乎的,取暖。等到各报馆把报纸送来了,又得吵噪一阵,因为先批买了报,先送、先吆唤,先卖钱呀!

北平街头的吆唤,是抑扬顿挫,各有其妙语及悦耳之声。报纸本来不是街头小吃,也没有敲梆子打锣,或以藤棍击其所卖之器,像卖缸瓦瓷器的敲缸瓦瓷,焊洋铁壶的敲铁壶,收旧货的打洋钱大的小皮鼓,磨刀的打一串穿连的铁片。受小朋友欢迎的是"打糖锣儿的",他的小木槌打在小铜锣上,清亮的锣声没几响,小朋友就都从小宅门儿跑出来啦!围着挑子,看上面有百十样儿好吃、好玩、好看的东西,如鸡蛋皮、酸枣面儿、青杏儿蘸蜜、彩色玻璃珠串、小泥人儿、汽水球、香烟洋画儿、贴纸画儿、小玻璃戒指、手镯等等。没有钱的小孩儿站在挑子边,以羡慕的眼光看这看那,拿起这看看,问价儿,捏起那看看,问价儿。打糖锣儿的,早就知道谁手里捏着钱,谁一个子儿也没有,就瞪眼哏哆说:"少动!回家拿钱去!"看,多么伤小孩子自尊啊!

至于卖小报儿、晚报的,说相声的曾这样形容他们的吆唤:"快买份儿群强报看咧!看这个大姑娘女学生上了新闻啰!"北平的小报,如小实报、群强报、时言报等,上面连载小说特多,看小报是市民的消遣,时局紧张变化多的时候,则是晚报的销路好。

南柳巷是个四通八达的胡同，出北口儿，是琉璃厂西门，我的文化区：要买书籍、笔墨纸砚都在这儿。我在《家住书坊边》，曾详细描述过。现在，我不但是家住书坊边，而且是"家住报房边"了。出南柳巷南口儿，是接西草厂、魏染胡同、孙公园的交叉口，是我的日常生活区：烧饼麻花儿、羊肉包子、油盐店、羊肉床子、猪肉杠、小药铺，甚至洗澡堂子、当铺、冥衣铺等等都有，是解决这一带住家的每日生活所需。出西草厂就是宣武门大街，我的初中母校春明女中就在这条大街上。

春明女中是福州人办的私立女校，学生人数不多，所以全校同学几乎都彼此认识。因为在南城，是京剧演艺人员住家地方，所以有一些和京剧有关的子女，以及演话剧电影的，都在这儿上学。比如话剧电影明星白杨（学生时代名叫杨君莉）比我低一班，北平学生流行演话剧，学生话剧运动开会，我曾和白杨代表学校去参加。她和她姊姊当时住在西城一个公寓里。她皮肤白皙，眼睛灵活，笑口常开，很可爱。老生余叔岩的两个女儿慧文、慧清，和我同班，是好友。她们的功课棒极了，慧文后来读医，慧清学财商，生活保守，父亲不许她们听戏，更别说唱两句了。

言慧珠也在本校，比我低多班，所以没见过。

南柳巷也是在我一生居住中占有重要的地方，时间又长，从我在无父后的十年成长过程中，经过读书、就业、结婚，都是从这里出发。我的努力，我的艰苦，我的快乐，我的忧伤……包含了种种情绪，有一点，我们有一个和谐的、相依为命的家庭，那是因为我们有一个贤良从不诉苦的母亲。

永光寺街

1939年我和承楹结婚，夫家住在附近的永光寺街一号，走路五分钟就到，我虽然离开了南柳巷，但那儿还是我的娘家，来往非常方便。我来到一个四十多口人的大家庭做第六个儿媳妇。这家庭的情形和生活，我在《闲庭寂寂景萧条》一文中，曾有描述。永光寺街房子是公公自宦海退休后，自己设计建造的房子，他在《枝巢记》中曾为文描述，里面提到所种植的白丁香、马缨花、葡萄架、紫藤架，我都欣赏。前两年焯儿访大陆，特回他出生故居，想寻找爷爷、奶奶、叔伯的住屋。谁知院子里盖满了一个一个小破厨房，住了二三十人家，哪还有白丁香、绿葡萄、红缨花、紫藤花的影子呢！这也是可以想见的。焯儿想拍一张奶奶堂屋地，竟无法拍到，惨哪！

大家庭的生活，有其好处。1941年我做了第一个孩子的母亲。（夏家老规矩，生了孩子满月时，要先到婆婆屋里向她叩头，并且说："娘，给您道喜！"）我那时仍然在师大图书馆工作,家里虽然有仆妇,但是我不在家时,婆婆、妯娌,都帮着照顾孩子,可以说在办公室整日伏案工作而无"后顾之忧"吧!我们这一房住在东院楼上,焯儿是个夜哭郎,住在楼下的爷爷,冬日里会夜半披衣上楼来观看。二嫂更是疼爱焯儿,她常常上楼来陪我住一两天,照顾孩子。二哥、四哥都到后方四川,二嫂和她的五个孩子从上海移来北平依大家庭住,在大家的生活都很艰苦下,她竟把还缝着五彩丝线的陪嫁缎子衣服,叫我给焯儿拆做外罩大褂。

夏日的天棚下,在堂屋里一边和婆婆话家常,一边替她搓吸水烟的纸媒儿。有时卖南货的上海人来了,挑担放在院子里,婆婆就挑买她所需的金华火腿、杭州茶叶、锡箔银纸、福建烟丝等。这种生活经历一直过到抗战胜利后,我做了两个孩子的母亲,我们才要求搬到南长街一所小三合院的房子,过独立的小家庭生活。

南长街

南长街是一条安静、美丽的大街,它是属于紫禁城区。这条大街向下走,过了西华门大街就是北长街,太监李莲英的大府第在那儿,一女中在那儿,我未曾问过家人原因,为什么这条紫禁城区的大街,会有那么一排八所小门小户的三合院呢?我们就住其中的一所,门牌二十八号。我后来猜想,这当时一定是前清在宫里当差的旗丁、车夫、厨子、小太监的住家吧!在我们家后面死胡同里有一人家,有个说话阴阳怪嗓娘娘腔的老人,据说就是个太监。可能民国后,公公把这排房子便宜买下的吧!房子虽小器,地区可好,对面就是中山公园的冰窖后门,天气好的假日,我们推了藤制小孩车,拉着大的,推着小的,四口儿过马路从冰窖门进去,就是大柏树下的那一片茶座了,柏斯馨,长美轩,春明馆,可以饮茶、吃点心、下棋,屋子里可以开画展。

南长街南口外的府右街,有私立艺文中小学,焯儿在这儿读一年级，我也在这时做了第三个孩子的母亲。我每天早上牵着焯儿的手，送他到学校，下午又去接他。站在教室窗外，看他们上最后一堂课。大概是有多余的时间，老师就让小朋友自由讲故事，焯儿有发表欲，常听他讲的，总是有"放屁"的故事，有一次竟然唱起京戏："武家坡蹲的我两腿酸，下得坡来向前看，见一位大嫂……"窗里窗外的人都笑了，我也只好不好意思地笑吧！

这时已经是时局不安的时候了，刚一光复，台湾的家人——包括我林家和母亲简姓娘家（母亲生母家姓简，后给黄家做女儿），都不时来信要母亲返台，拖延到1948年下半年，才做决定。

我们在南苑上飞机，飞机在北平城绕过，最后的一瞥是协和医院的琉璃瓦屋顶。

综观我在北平住了二十六年，北京话说得嘎巴脆，七声的闽南话却是以国语的四声来说，可谓是"京味儿台语"，所以返台后人常问我："你是高雄人吧！"

我的京味儿回忆，到此暂告一段落，写时老是想起这个那个还没写呢，其实，要撒开儿写，是没完没了的，留待日后想起什么再慢慢儿找补吧！

骑毛驴儿逛白云观

很久不去想北平了，因为回忆的味道有时很苦。我的朋友琦君却说："如果不教我回忆，我宁可放下这支笔！"因此编辑先生就趁年打劫，各处拉人写回忆稿。她知道我在北平住的时候，年年正月要骑毛驴儿逛一趟白云观，就以此为题，让我写写白云观。

白云观事实上没有什么可逛的，我每年去的主要的目的是过过骑毛驴儿的瘾。在北方常见的动物里，小毛驴儿和骆驼，是使我最有好感的。北方的乡下人，无论男女都会骑驴，因为它是主要的交通工具。我弟弟的奶妈的丈夫，年年骑了小毛驴儿来我家，给我们带了他的乡下的名产醉枣来，换了奶妈这一年的工钱回去。我的弟弟在奶妈的抚育下一年年地长大了，奶妈却在这些年里连续失去了她自己的一儿一女。她最后终于骑着小毛驴儿被丈夫接回乡下去了,所以我想起小毛驴儿,总会想起那些没有消息的故人。

骑毛驴儿上白云观也许是比较有趣的回忆,让我先说说白云观是个什么地方。

白云观是个道教的庙宇,在北平西便门外二十里的地方(原文如此,实际距离不足2里,编者注)。白云观的建筑据说在元太祖时代就有,那时叫太极宫,后来改名长春宫,里面供了一位丘真人塑像,他的号就叫长春子。这位真人据说很有道行,无论有关政治,或日常生活各方面,曾给元太祖很多很好的意见。那时元太祖正在征西,天天打仗,他就对元太祖说,想要统一天下,是不能以杀人为手段的。元太祖问他治国的方法,他说要以敬天爱民为本。又问他长生的方法,他说以清心寡欲为最要紧。元太祖听了很高兴,赐号"神仙",封为"太宗师",请他住在太极宫里,掌管天下的道教。据说他活到八十岁才成仙而去。在白云观里,丘真人的像是白皙无须眉。

现在再说说我怎么骑小驴儿逛白云观。

白云观随时可去,但是不到大年下,谁也不去赶热闹。

骑毛驴儿逛白云观

到了正月,北平的宣武门脸儿,就聚集了许多赶小毛驴儿的乡下人。毛驴儿这时也过新年,它的主人把它打扮得脖子上挂一串铃子,两只驴耳朵上套着彩色的装饰,驴背上铺着厚厚的垫子,挂着脚镫子。技术好的客人,专挑那调皮的小驴儿,跑起来才够刺激。我虽然也喜欢一点刺激,但是我的骑术不佳,所以总是挑老实的骑。同时不肯让驴儿撒开地跑,却要驴夫紧跟着我。小驴儿再老实,也有它的好胜心,看见同伴们都飞奔而去,它也不肯落后,于是开始在后面快步跑。我起初还拉着缰绳,"嘚嘚嘚"地乱喊一阵,好像很神气。渐渐地不安于鞍,不由得叫喊起来。虽然赶脚的安慰我说:"您放心,它跑得再稳不过。"但是还是要他帮着把驴拉着。碰上了我这样的客人,连驴夫都觉得没光彩,因为他失去了表演快驴的机会。

到了白云观,付了驴夫钱,便随着逛庙的人潮往里走。白云观,当年也许香火兴旺过,但是到了几百年后的民国,虽然名气很大,但是建筑已经很旧,谈不上庄严壮丽了。在那大门的石墙上,刻着一个小猴儿,进去的游客,都要用手去摸一摸那石猴儿,据说是为新正的吉利。那石猴儿被千千万万人摸过,黑脏油亮,不知藏了多少细菌,真够恶心的!

进了大门的院子,要经过一道小石桥,白云观的精华,就全在这座石桥洞里了。原来下面桥洞里盘腿坐着一位纹风不动的老道,面前挂着一个数尺直径的大制钱,钱的方洞中间再悬一个铜铃。游客用当时通用的铜币向铜铃扔打,说是如果打中了会交好运,这叫作"打金钱眼"。但是你打中的机会,是太少太少了。所以只听见铜子儿叮叮当当纷纷落在桥底。老道的这种敛钱的方法,也真够巧妙的了。

打完金钱眼,再向里走,院子里有各式各样的地摊儿,最多的是"套圈儿"。这个游戏像打金钱眼一样,一个个藤圈儿扔出去,什么也套不着,白花钱。最实惠的还是到小食摊儿上去吃点什么。灌肠、油茶,都是热食物,骑驴吸了一肚子凉风,吃点热东西最舒服。

最后是到后面小院子里的老人堂去参观,几间房里的炕上,盘腿坐着几位七老八十的老道。旁边另有仿佛今天我们观光术语说的"导游"的老道,在报着他们的岁数,八十四,九十六,一百零二,游客听了肃然起敬,有当场掏出敬老金的。这似乎是告诉游人,信了道教就会长生,但是看见他们奄奄一息的样子,又使人感到生趣索然了。

骑毛驴儿逛白云观

　　白云观庙会在正月十八"会神仙"的节目完了以后,就明年见了。"神仙"怎么个会法,因为我只骑过毛驴儿而没会过神仙,所以也就无从说起了!

城墙·天桥·四合院儿

三宗宝

大阪对我不是个陌生的地方,因为七十五年前,我出生在大阪,跟大家可以认同乡呢!何况大家又都研究汉文,研究北京,都是京味儿同志呢!贵会藤井荣三郎委员第一次写信邀请我,曾很欣赏我编的北京三宗宝:"城墙、天桥、四合院儿,骆驼祥子满街跑!"其实这不是真的北京三宗宝,实在是我个人编的;是我对北京的重要印象。

说到三宗宝,这是中国北方对于某地特产的一种语言文化。大家也许听说过一些,我先举一个保定府的三宗宝:

铁球,酱菜,春不老。

保定府是河北省县名，是旧河北省省府，在天津市的西南，和北京、天津是接近的三个地方。今天的保定府的三宗宝，我带来了一主，就是这一对铁球。为何铁球是宝呢？难道别的地方没有？大家请看、请听。这球是钢制的，男人揉之活血脉。听，摇揉起来有叮当之声，因为里面有小钢球，但球是空心的，小钢球是如何焊入的？这就是它的巧妙，也只有保定府才会制作。其他两样，保定府的酱菜特别好吃，腌制不同吧。春不老则是一种青菜，像雪里红一样的。

另外，东北的三宗宝则是：

人参，貂皮，乌拉草。

人参大家都知道是补品，最贵重的产在吉林；貂皮则是兽皮，现在是属环保动物，可不能随便杀取啦；乌拉草是冬日制鞋的一种草，穷人穿着又便宜又取暖，而貂皮则是有钱人穿着的贵重的皮裘。

至于说到北京的三宗宝，藤井先生所欣赏我编的，那么北京到底有没有真的三宗宝呢？可说没有，也可说有，我后面再说。那么我自编的北京城三宗宝"城墙、天桥、四合院儿,骆驼祥子满街跑"又是什么意思呢?那是我心中的三宗宝,并非自来就有的,可是现在都没有了。北京城和万里长城,是世界闻名的古迹,全世界没地方找,当初拆的时候,曾有不同的意见。看,就连意大利的不少古迹,已经成了废墟了,还都亮在那儿,供人凭吊,保留不毁,古迹嘛!虽说拆了可以改建更进步的城市。我之所以伤心,只是我自幼对它们的感情,很伤心,不是反对,而是感性的罢了!天桥,它原是老百姓的一个娱乐去处。清廷皇帝住在皇宫里,自有他们的娱乐生活,但是皇帝住在宫内,每年却要到天坛、祈年殿等处去祭天、祈求。平民区的所在地是必经之路,皇帝不能不过,却不能过,所以就以汉白玉造一个拱形的桥,专为皇帝走。皇帝称天子,天子所走之桥故称天桥。民国后桥拆了,变成名存实亡的"天桥",今日的天桥反而是代表平民的、民俗的了。

我今天又带来了三张北京地图,我们大家来欣赏北京城百年来的古今地理环境。一张是清末民初的"京城内外首善全图",一张是"七七事变"前的"北平全图",一张是沦陷后的"北京城区地图"。我借此略谈一谈北京的四合院：四合院是中国有名的居住建筑形态，它的大原则是四面房子，中间包着一个院子，所以叫四合院。当然，它也不是那么简单，北京的四合院，有千百种样式，中国房屋构造是以北为上的，所以一进大门是一溜南房，然后进了二道门，里面的三面北、东、西。北房俗称上房，一向是主人房；东、西为厢房。四面还有跨院，院里有小房间，当作堆房、厨房、用人房。北房里面两边还有耳房，是主人储藏衣物等用的。专讲四合院的房屋构造，就一时讲不完。

我以前在北京，自家住四合院，也见过许多四合院；讲究的大都在北城，是当年的王府住宅，院子里铺着方油砖，院子四角有四棵树，房子分数进；每一进又是一个四合院。有一个形容大宅第生活的对子说：

天棚、鱼缸、石榴树，

老师、肥狗、胖丫头。

到了夏天，富户在院子搭起天棚遮阳，院中摆着大金鱼缸，屏风前面是几盆石榴。家中请了教席教孩子，养着肥狗，连供使唤的婢女都吃得胖胖的。这是怎样的一幅富家生活情景啊！

穷人也有他们的四合院，住了很多户，所以美其名叫"大杂院"，住户大多是劳动阶级：小贩、唱戏的、拉洋车的、贫户等。大杂院也有其情趣的一面，许多作家都曾以大杂院的形形色色写成小说，其中不乏动人的故事。

大杂院的住家，一家只租一两间房，那里没有厨房，所以他们的厨房，就设在房檐下，摆一个煤球炉子，冬日移到屋里，还可以取暖，也是很温暖、很有人情味的。可是现在的四合院，都破破烂烂的，连贫民窟都不如了。

至于"骆驼祥子"，是北京早期的交通工具的代词了，它是源自贵会所研究的老舍先生。《骆驼祥子》是老舍的名著，老舍的作品这一生都是以北京为背景，老舍夫人胡絜青女士就曾在一本书的开头说：

老舍和北京分不开，没有北京，就没有老舍。老舍生在北京，长在北京，死在北京，他的一切都属于北京，老舍写了一辈子北京。……

城墙·天桥·四合院儿

我打小成长在北京,对北京的交通工具很熟悉,尤其对北京人称"洋车"的人力车。至于为什么又说"骆驼祥子",因为老舍的这本名著中,外号叫"骆驼祥子"的洋车夫,有个很动人的故事,所以我说它是人力车的代号了。

我粗粗地把我印象深刻的北京的事务,编成"三宗宝",博大家一笑,也是我对北京的感情。好了,那么你们还是问,别处都有三宗宝,北京到底有没有?有,说出来大家一定很奇怪,它是:

北京城三宗宝:人情、势力、脑袋好!

这三宗宝不是物质的,而是精神的。怎么北京城是这三宗宝呢?我忘记这是我从哪儿得来的,我认为它更具代表性,是以北京人的一般人性做代表。北京做了八百年的皇都,人人都懂得人情,势力又聪明。不知大家以为然否?我觉得它比我编的三宗宝有力量多了。

红嘴绿鹦哥——谈吃的

前面"什不溜七"的（杂乱之意），我读了不少由北京发展出来的"三宗宝"，该换换口味了，说说吃的吧。说吃的，我先说一段早先西太后逃难的故事。

西太后逃难的时候，一路没得吃，可苦了随侍的太监们。有一天到了乡下，摆不出一百零八种菜样儿来，便问乡下人有什么可吃的，那儿只有豆腐、菠菜。好吧，御厨就以这两样西太后从未沾过嘴唇的东西做了一样菜，西太后吃到嘴边，嗯！不错嘛！便问起这是什么菜？御厨无以回答，其实是一个煎豆腐炒菠菜，便随口说："老佛爷，这道菜是金镶白玉板，红嘴绿鹦哥。"煎豆腐两面会焦黄色，而春天的菠菜，叶绿，梗子是洋红色，所以这么说了，因为皇宫中的菜名都得高贵好听。西太后听了吃了非常满意。

我现在要跟大家谈的，可不是什么贵族讲究菜，北京做了八百年皇都，有所谓五大名菜：烤鸭、烤肉、涮肉、谭家菜、宫廷菜。我不打算说，也不会说，我要从民间的家常菜说起。记得我的二女儿夏祖丽曾在一篇文章里回忆说：“我很想念我母亲的小炒。”所谓小炒，就是我们说的家常菜。因此它不是五大名菜，更不是各省的餐馆菜，如川菜、湘菜、江浙菜、广东菜、山西菜等，而是北京一般家庭主妇每天做的家常菜，也就是小炒。怪不得我女儿想它，我也喜欢我母亲的小炒哪！

北方人是以面食为主的餐饮习惯，这里所谓的家常菜，一方面是下饭吃，一方面是就面如大饼、馒头吃的。我们由四季谈起吧！北京是在华北大平原的西北端，是属于温带大陆性季风的气候，四季分明。4—5月是春季，干旱少雨，多风沙天；6—9月是夏季，也是北京的雨季；9—10月是天高气爽的秋季，也是北京最佳的旅游季节，满山红叶，秋意醉人；10月底到次年3月是冬季，到零下十二度，降雪天，像这样的一年四季，在饮食中应当怎么说呢？3—4月是干树枝的冬季过去了，吃熬白菜、火锅的日子过去了，现在是春天，植物发芽，地下种的蔬菜都发芽冒出来了，我很记得胡同里一车一车推着菠菜、大葱都出现了。家常菜本来是一样一样的炒菜，如炒韭黄，炒菠菜，炒豆芽。北京人炒菜用的肉类一年四季最主要的是猪肉，而猪肉是讲究切猪肉丝，放鸡蛋或豆干丝，都是非常好吃下饭的。北京人的餐饮，对于切的功夫很注意，所配炒的菜色，如果是韭黄、豆干，肉就要切丝，如果炒青豆，那么肉要切丁，豆腐干也切丁，如果菜色是笋片，那么猪肉、豆干都要切片。还有的菜如萝卜、黄瓜、茭白、茄子，是切成滚刀块的，它也都有各种的艺术味道，可不是乱切乱割一阵的。北京所有的主妇，不但会炒菜，也很会切菜。

到了夏季，煮一锅绿豆稀饭，烙一些薄饼，配合了家常菜，就是一顿非常合口的餐食。夏季也是吃瓜果的季节，所以饭桌上常是凉拌的菜，如拍黄瓜拌粉皮，加入蒜末、芥末。再切些咸菜丝，就馒头吃，就是夏季最可口的饭食了。而且普通人家，常把矮桌摆在院子树荫底下，吃着说着，别提多快乐了。

到了秋天，北京人喜欢把在这一夏天所失去的脂肪找回来。有个名词就是"贴秋膘"，是吃些荤菜，也就是我们现在常说的"打牙祭"。这种荤饮食，就是要在牛、羊肉的身上找。这时张家口外的羊，开始进到北京了。有名的回族馆子，东来顺，西来顺（现在还有南来顺了），烤肉宛、烤肉季，都开始了，馆子门口贴着大红纸的"爆、烤、涮"

字样，令人垂涎不已（我就是）。爆，涮，家庭可以吃，但是烤肉是要特别的装置，烤肉炙子就不是一般家庭所能装置的了。吃爆、烤、涮仍是配以面食为主，就烧饼、大饼吃。吃这些，蔬菜方面，少不得大白菜、酸白菜、大葱、香菜、大蒜等。

我只能粗粗地讲一讲北平的家常菜而已，至于饺子、馅饼、锅贴我也就不多讲了。北京还有些风味小吃，种类也不少，它们多是清廷传入民间的小吃，也可说是属于点心类吧，如肉末夹烧饼、小窝窝头、豌豆黄、芸豆卷、甑儿糕等，这差不多都是皇家传入民间的，但小窝窝头可不是民间吃的大窝头，大窝头是棒子面做的，小窝头则是很细的小米面做的。

民间传统的小吃，则有炒肝、灌肠、艾窝窝、驴打滚儿、散子麻花、萨其马、豆腐脑儿……花样很多，我一时也说不完。

我今天就说到这儿打住。无论是民俗、饮食，我都说得很草率，请大家原谅，也希望大家努力再进"京味儿"的门槛儿，下次还有机会，我们也许一同到北京去举行"老舍研究会"吧！

地坛乐园

城之南有天坛,每年冬至皇帝在那里祭天;城之北有地坛,每年夏至皇帝在那里祭地。天坛内又有祈年殿,是为了祈祷丰年。在皇帝的时代,这是重要的祭祀,被称为"国之大典"。民间也分别做了馄饨和面食奉献,所谓"冬至馄饨夏至面"的俗语,也许是缘于此。

逛天坛的时候,看那片广大的地方上,用白石和琉璃所建造的坛殿,不禁有思古之幽情,想象着皇帝率领群臣向天遥祭,感谢大自然对他的国家的赐予——风调雨顺五谷丰收。

天坛因为有个瑰伟的祈年殿的建筑,所以它更有名,它的图片被印在明信片上、观光册上,传到全世界去。地坛不然了,它虽是古迹,却没有被列入到北平观光的日程表上，它静静地处在北郊外，不为外人所知。

不知道何年何月，地坛被列为市民公园，又不知道何年何月，那一个广大的处所，被利用作为收容许多不能面对现实的人的地方——疯人院。

青年会举办了一次参观团，列了几个地方，像帅府园协和医院，北海北京图书馆，地坛疯人院。我选择了最后一个参加。事先我什么都没想到，只是为了满足我的好奇心，因为地坛我没去过，也不知道把疯人合在一起是个什么样子。

我们一行人包了一辆公共汽车，从青年会往北开，直奔东四，经过北新桥，交道口，出安定门，过了环城铁道再不远，就到了那块地方。

下了车，我忽然有点害怕了。疯子，不是被人类远离的人类吗？他们失去理智了，所以他们不能和我们有理智的人共处，因此才被送到这地方来，然而我们的理智又健全到什么程度呢？

院里的职员已在门口迎接我们了，我们又分成数个小组，带领我们这组的姓李，我们叫他李管理员。李管理员亲切而和蔼，他很年轻，架着近视眼镜，仿佛是一个刚从高中毕业出来的学生。多幻想的我，又在猜测了。我想李管理员也许是一个像我一样好奇的青年，他选择这份职业，被派到这隐藏在北郊外的地方来工作，而工作的对象，又是管理一群丧失理智的人，一定有他自己的道理，他是为探求些什么而来的，也许他要写一部以疯子为主题的小说，收集材料来了！

分组完成以后，李管理员就对我们这组的十几个人说：

"好，我们各组分别行动吧！诸位随我来。"

好了，我们要一起去看疯子了！

这处古迹原是个祭坛，所以虽然有广大的地方，并没有什么建筑，有些地方是白石板路，石隙里长出了小野草，有些地方是一片草地，或是一片树木。走了几段路，我们还没有到关疯子的地方呢。李管理员说，这里的疯子是男女分开的，两处有一段遥远的距离。我们这组先去看女性的，所以走呀走的，也走不到女性的范围里。

一路上偶然见到有些工人在运送东西，除此以外，我们就如在小说所描写的一座废园里行走着似的。古木参天，蝉声拉长了它们午后的单调的叫唤。转过一道古老的墙壁，我们仿佛又进了另一个荒园，眼前是一片蔓草，什么都没有了。不，我们看见有个人影。他是一个老头儿，穿着一身粗布裤褂，很悠闲地在走动。我们渐渐走近他，他也看见我们了，很高兴地向我们点头招呼。

再走近他，我们又发现，在他身旁不远的草地上，原来还有几只小羊儿在吃草。老头儿手里拿一根类似手杖的棍子。他看我们从他身边走过，很和气地笑笑，并且嘴里仿佛还说着"来啦""好哇"这类问候的话。

我们走过去，又都回过头去看，是看他的小羊儿。我们想，像这样小小的羊儿，大概还不能挤出羊奶吧。因为我们认为老头儿是院里的老工人，他是在管理院里饲养的羊儿，而这些羊儿是为的挤羊奶给病人——也就是疯子——所饮的营养品。

老头儿看我们在回头看他，他仿佛很高兴，又向我们微笑点头。无论如何，这样空旷的地方，面对的又都是些疯子，该够寂寞的，所以外界一有人来，他们都会特别热情地招呼客人，老头儿是这样，李管理员还不也是这样吗？我是这样的想。

转过了这片草地，忽然有人向李管理员发问：

"贵院养了多少只羊？"

"嗯?"李管理员仿佛没听懂。

问的人又问了一遍,并且指指我们刚走过来的那道墙外。

"啊——"李管理员明白了,他说,"那是他自己的羊呀!"

"自己的羊?"这回是我们不懂了。

"是的,他自己的羊。"他说完就停了下来说,"刘先生是这里的病人。"

"病人?您的意思是——?"

"是,是的。"李管理员并没说明是什么,他仿佛不愿意说出"疯子"这两个字,也许那是这里的规矩。但是我们却不禁惊疑地嘴里念叨着:"是疯子?"而且不由得停了下来,好像想再回去看看他。

"这么一位和蔼可亲的疯子?"有人说。

李管理员见我们对老头儿发生兴趣,便微笑地对我们说:

"诸位也许知道,刘老先生的儿子就是著名的内科刘大夫,在东城八面槽开业的。"

"啊,他是刘大夫的父亲?"

刘大夫的大名我也听过,他是留德医生,而且刘大夫的太太好像也是一位妇科医生。

"是的,"李管理员说,"老先生住在我们院里有三年了。"

"看起来他是很好的样子。"

"早就好了。"

"那么他为什么还不出院?"

李管理员笑了笑,低下头来在想怎么答复这个问题吧!他终于说了:"也许这里能使他得到更安心的生活。"

"那么他是怎么疯的呢?疯了多久呢?"

我们这时都围着李管理员,站在白石板地上谈着,好像这件事不问清楚,是不打算前进似的。

"他疯得很单纯,"李管理员向我们讲述,"刘老先生是一直在农村生活的,可以说,他是个十足的乡下人。他的儿子留学归来,夫妇在北平开业行医,情形很好,当然就想到把老父接来北平过好日子。因为他在乡下已经没有亲人了,你们可以想象,医生的家庭总是极高尚的。"

这时有人打岔说:"当然不错,我去看过病,刘大夫不但医道好,气质也高,他们的经济环境是相当好的。孩子们都念教会学校,虽然很洋派儿,但是看起来那是一个融洽的家庭,怎么会有一个疯爸爸呢?"

"而且,他就是因为这些才疯的。想不到吧?"李管理员说,"他过了一生的农村生活,到老来忽然要他改变一种生活,他就不能忍受了。"

"但是正是儿子的孝心才接他出来的呀!"

"可是他失去了农村生活,就等于失去一切了。光滑的洗澡间,不能代替他一生在后园里的打上打下的那口井。他不要耀眼的电灯,因为他老早就睡了。他看那头老驴慢慢地推磨,比看街上的汽车更习惯。"

"这么一说,他得的是怀乡病了?为什么不把他送回古老的农村,去度那余年呢?"

"孝顺的儿子,怎么能把一个孤单的疯爸爸送回家乡呢?他在这里住不是很好吗?"

"他完全好了吗?"

"可以说是差不多完全好了。"

"怎么治好的呢?"

"恢复他以前的生活。"李管理员耸耸肩说。

"恢复他以前的生活?"我们不知怎么个恢复法,他并没有被送回家乡啊!

"所以,他饲养了几只羊啊!他领着一群动物,沐浴在大自然之下,看着羊儿吃草,他就安心了。虽然他儿子家是精致的洋房,孙儿的洋书念得很棒,但并不能代替他的几只羊。"

"既然好了,他的儿子可以把他接回去了?"

"他不要回去。"

"他宁可放羊?"

"正是这样。"

"这真是一个不会享福的老头儿!"听了李管理员的话有人感叹了。

"我们应当说,他很会享福。福是什么?平安即是福。诸位刚才所见到的,不是一位安静祥和的老头儿吗?"

的确不错,老头儿有一把白胡子了,笑容从他那带胡须的嘴角上透露出来,是多么的自然而安详啊!"但不知他疯得最厉害的时候,到了什么程度?"有人又以这个问题去问李管理员。

这时我们走到一处地方,看见一排房子,忽然听见有嘭嘭的声音从这排房子里发出来。

"疯得最厉害的时候嘛,"李管理员边说着,边带领我们到房子前面来,啊,房里有人,嘭嘭的声音之外,又加上尖锐的叫声,"喏,就像这。"

我们了解了,这是关闭恶性疯子的地方,门锁上的,还有一些安全的设备。他们被分别关在各个房间里。而那位安详的刘老先生,就曾这样被锁在里面过,当然也曾在这里又打又闹的。

李管理员告诉我们说,冷水浴是使那恶性疯子安静下来的方法之一。还有就是注射,可以使他们睡眠。刘老先生最初都曾被这样治疗过的。

"刘老先生的家人常来看他吗?"

"他们常来的。"

"来了怎么样呢?"

"来了很好,其实他们始终也没有不好过,刚才不是哪位先生讲过,他的儿孙都是非常高尚的吗?他的儿子或媳妇来了,并不说接他回去的话,也不用给他送什么贵重的东西,只要把住院治疗费送给医院就好了。"

"难道他将来就这样永远待在疯人院里放羊啦?"

李管理员笑笑没有回答,谁能回答"将来"和"永远"的问题呢?

我们从关闭恶性疯子的这部分张望进去,她们有的在沉睡，有的在大打大闹。我们不能进入里面，也不敢进去，那景象准是怪怕人的，听听就够了，怎么敢去接触他们呢？

想一想，安详放羊的刘老头儿，就曾经像他们一样的情形，我真是佩服医学的进步，在我们的记忆中，当没有医学治疗的时候，疯子不是任他在街上乱跑一辈子，就是被家人锁在一间特殊的房间里一辈子吗？好像很少听说有几个疯子是不治而愈的。

李管理员给我们讲解了一些恶性疯子治疗的过程，所谓恶性，也就是我们一般人所谓的"武疯"。他们是会动手打人或者是摔毁东西，在外人看起来比较可怕，但实际上却也不一定是最难治疗的。

从这儿再向里面走，是到另一部分去，这部分人数很多，她们是轻微的，不必关闭，或是已经治疗有进步的。

这时天不太热了，是夕阳西下的时分。当我们转进一个大院落的时候，一下子就看见许多女人在院子里，我们止步不敢向前了，李管理员向我们微笑说：

"走过去，不要紧，她们不会伤害人的。"

那么，我们就直盯着那些女人向她们走近了。虽然说她们不会伤害人，但是我们也还是保持着一种随时向后跑的准备，仿佛她们之中的哪一个会不意地向你抓一把似的。

她们待在院子里，有坐的，有站的，有散步的，还有在聊天儿的。远远看起来，那幅景象并不怕人，那么我们为什么不敢走近她们呢？她们都是轻微的病人，也许我们还可以跟她们谈谈呢！

好像她们并不太注意我们这十几个人的来临，虽然我们走近她们了，但是她们视若无睹，似乎没有什么感觉。有一个待在院角的女人，是我们第一个接触到的，她竟向我们微笑不语，神情虽然不同常人，但是却使我们很安心，可见她对陌生的人并不敌视，疯子不都是对这世界有所敌视吗？这就是她已经好起来的证明吧！

再向里走，我们已经进入她们的群中了，所以在我的前后左右都是她们的人。但是我也无所惧了，我竟停站在那里，我不想走马观花似的只从她们身边擦身而过，我很想使我的眼睛、耳朵，多停留在她们中间一会儿。

首先，我的眼睛就落在两个女人身上，她们俩在指手画脚地交谈，似乎谈得很融洽。她们在谈什么呢？我的好奇心引致我向前走了几步，挨近她们。等我再度停下来的时候，忽然想，不妥当！如果想偷听她们交谈的内容，我就得直愣愣地站在她们身旁,那样她们会停止交谈的。于是我从皮包里掏出来那本一进门就分给参观者的小册子。我翻来翻去,表示我在注意的是我手中的东西,而不是她们,我只是偶然站在这里罢了。

这两位疯子,并不理会我的来临,仍然在相对着指手画脚地说。她们俩,一个梳着一条大辫子,一个短发齐耳,是两种类型的人物,也就是说,一个像是小住家的大姑娘,一个像是高中女学生,只是她们的年龄差不了多少。

梳辫子的大姑娘说:

"……早知道你到底来了,我就跟了你去了……"

短发少女说:

"……这不是很简单吗?走了就算了。"

初初听来她们所谈的像是一件事情,我再仔细听她们对话下去:

"你别走,还有五天,不,六天了……"

"我把它夹在一本书里,你翻翻……"

"是大嫂子叫你走的,我早就知道了……"

"任何时候,任何地方……"

"早就知道你来了,别走,别走呀……"

"就在那本书里,你翻翻,再往下翻翻……"

听来听去,我才发现,我没听出头绪,原来两个人虽然是对谈的姿势,但是各有各的对象,所谈的内容是各不相干的!辫子姑娘忽然笑说:

"放个屁给你吃!"然后还用手捂着嘴,斜睨着短发少女,害羞的样子。而短发少女并没理会对方说了什么话,有的是什么表情,她却一直无表情地说着:

"你再翻下去,翻下去,翻下……"

如果那是两个正常人的说话和表情,就会引起我的大笑了,但是这时你却哭笑不得。

我不由得抬眼向其他的人望去,发现对谈的人并不少,还有的是三个人在一起谈的。我相信,如果我走到其他那些人身旁去听,一定也是一样的,所答非所问。但是我看这些人虽然自说自话,却是很悠闲和轻松的样子。想一想,如果处在我们有理智的人群里,她们的谈话就要受约束了,谁会像她们现在的对方一样,肯于倾听并且交谈呢?这样看来,她们生活在这里,也许比回到所谓正常的人群和社会里去,不见得更不适宜吧!而且,什么算是正常的?她们现在所说的,也正就是她们心里所想的。而我们是不是也曾想说一些像她们所说的话，可是压抑着不说出来呢？她们不再受压抑了，反被认为是疯子。疯子，真是奇妙的人类哩！

我边想着，边走出了她们的群中，因为同行的人早已经跟着李管理员到后面去了。

后面一些房屋都是她们住的地方，屋里大部分是空的，因为她们都在院子里"散心"。但是仍有一些还在屋里的，我们从门口张望进去，有的面对着墙在睡觉，有的坐在床上发呆，看见我们并不招呼。我感觉所有在这里的人，对于我们的来临，都是视若无睹的样子，既不惊也不奇。

她们的宿舍，倒是整理得非常清洁，屋内的设备很简单，几乎除了睡床之外，就没有别的东西了。

李管理员热心地给我们一一讲解，只要我们发出问题来。我最初以为他所以到老远的这特殊的地方来工作，一定是为了像我一样的好奇，也许他是一位从事写作的人，想来收集材料，并且真正地体验和观察这种生活。但是现在我改变了我最初的想法，我现在想，他是有一种宗教般的热诚，愿意为这些被"正常"社会所抛弃的"不正常"的人来服务的。

女子部分，就这样看得差不多了，我随着大家向外走，几乎是走在最后的，忽然，有人在叫：

"喂！三姑！"

我们走在后面的几个参观者，不由得停住脚回过头去看，是有一位女太太向我们扬手打招呼。我们不得不停下了，因为她那样子确是向着我们的。

这位少妇笑容可掬地走向我们。我们几个不由得互相望了望，想知道是谁认识她，但是我们疑惑地互望了一下，无疑的，似乎我们这几个人中，并没有人认识她。也许她所呼唤的是已经走到前面去的参观者，于是我就向前面张望着，想怎样叫住前面的人，但是我又不知道谁是她所谓的"三姑"。

正在这时候，我的肩头忽然被拍了一下，我转回过头来一看，哟！正是这位笑容可掬的少妇！我这一吓，魂都要飞了，她是个疯子啊！我"呀"了一声，不知所措。

"三姑，你这就走啦？"

"三姑"竟是我！我能不承认吗？于是我苦笑着说：

"是……的，我要走了！"

"孩子们好吧？"

"好，挺好。"我这样答复了以后，忽然又有所悟，我又加上一句："你放心好了！"

她听了以后，笑得更温柔了。她忽然又拉着我的手，用力地捏着，从她的脸上看并没有表现她的用力，真像是一只鬼手，只要轻轻一捏，就是紧紧的。我有点恐惧，但又不敢缩回我的手，只好任她紧捏着。她说：

"三姑，孩子全仗您啦！上学让他们多穿着点儿，说话就秋凉啦！"

"哎，您放心好了。"我只好又叫她放心。

这时同行的几个看我们俩在闲话家常，以为我们还要说下去，她们竟要离开我，去赶上前面的队伍，我急了，哀求说：

"就好啦，你们等等我行不行？"

少妇总算放开了我的汗手，我如释重负，连忙向她点头微笑说：

"再见，我走了。"

说着，我就向前走，她也点点头，真像是送三姑奶奶回家，左嘱咐右嘱咐的，她又说：

"慢走啊！"

我再回头向她点点头。当我向前走了几步,又听她在背后轻喊着:

"别忘了孩子上学可得吃饱了去呀!让他们甭惦记我,就说我在这儿挺好!挺好。"

我再度回过头去,向她微笑点头,表示我的答允,她对我是多么的盼切啊!

转过墙外时,我不由得按住我的心口向同行的人说:

"吓死我了!"

"怎么?"大家都不懂。

"我并不认识她。"

大家向我惊疑地看着:

"我们真以为你就是三姑哪!"

"也许我很像她家的三姑奶奶,而且我想三姑奶奶是她所信任的人。我很高兴,事实上,我也是一个可信任的人。"

我解嘲地讲讲笑话,以解除我方才受的一些惊吓。

"那么,三姑奶奶,咱们赶紧吧,要找不到李管理员他们了。"

她们竟拿我开起玩笑来了。

我们在围墙外和大队的人会合了,原来另一组的人也来到这里，大家就在这儿交谈所见所感，等待零星落后的人赶来集合。

我们来到以后，我和三姑的故事，马上被同伴讲给李管理员以及大家听了。李管理员听后想了想说：

"噢，我知道了，那位是邓太太。她所指的孩子，就是她的孩子。"

"她懂得关心她的孩子吗？"有人问。

"当然，大部分女病人，虽然神志不清楚，但是疼爱孩子，却是与生俱来的女人的天性。有没有看见一个带孩子同住的女病人？"

参观者大都没有看见。李管理员便告诉我们，大概我们参观的时候，她正带着孩子在睡觉。这位女疯子在授乳时期忽然疯了，被家人送到这里来，本来不许可带孩子的，但是经过医生的检查和治疗一段时期后，发现她虽丧失理智，但是有特别强烈的母爱，试着把孩子带在一起，她的病就好得多。于是经过特别许可，她是可以带孩子的。

"那么孩子不会被那些别的疯子吓着吗？同时，这难道不影响孩子的身心？"

"她的孩子还很小很小，只有五六个月的光景，同时她离出院已经不远了,还不至于影响什么。"

"那么这位邓太太呢?我看她也是很清楚的样子——除了把我认作三姑。"我这么一说,大家都笑了。李管理员说:

"邓太太的情形又不同些,她是一个北方旧家庭的媳妇,上有公婆,下有大姑子、小姑子,她就是由于太受旧家庭的压制,所以精神崩溃了。她的丈夫处在这大家庭里也没有办法,甚至要求把他的妻子留在院里一个较长的时期,因为他说,她如果再回到这个家庭来,家人仍然不改变对她的态度,她会再度发疯的。好在她的孩子倒受了大家庭的好处,有的是人照顾。邓太太刚才叫您三姑,那位三姑就是邓家最厉害的一位姑子哪!"

李管理员说得大家都向着我笑了。想一想,可不是,她刚才对"三姑"的态度几乎是谄媚的哀求,而当她用力捏着"三姑"的手时,她心中或许是恨吧?在上一代的北方的旧家庭里,是有多少这样被压抑的女性啊!

现在,我们这两队又要分别到不同的方向继续参观了。另一组中,有两个我的同学,她们把我拖过去,要我参加她们的一组,这样换组好在也没什么关系,我便改随着王股长带领的这一组了。我们继续参观的是饭厅、工作室。

这里对于孤苦的疯病人，也教她们一些技艺，有时院里的工作，也由轻病人来做。

参观的时候，我们遇见了一位穿着白外套的女职员。看见她，我心里惊叫了一声，啊？我认识的！不，我只是知道她，她不也是个疯子吗？不不，绝不是，一定是我认错了人了！

可是她的侧面曾给我一个很深刻的印象，她不过是一个很普通的面型，却有一个特别美的侧面，而且在左颊上有一小块指甲大的棕色的痣，那么不是她又是谁呢？我忘记她的名字，只记得人家背后叫她"大象"，是因为她姓项，个子不高，是大学毕业生，原来是在教书。

她现在穿着白外套，好像是属于卫生方面的职员，真是奇怪，我心里纳闷这是怎么一回事。她并没有向我们招呼，因为她也像是到这部分来办事的，并不负责招待我们，所以当她和我们这群人擦身而过的时候，只是以和蔼的眼光向我们表示招呼的意思。

好奇心驱使着我一直都回头看着她，直到她的身影消失在门边。

等到她走过去一会儿以后，我听见我们这群人里竟也

有人在轻轻地说:"咦,她不是大项吗?"我便走过去和那位也认识她的参观者说:

"您也认识她吗?我也认识她的,但是我又不敢确认。"

"是的,我想起来了,我是听说她在这里。"

"您的意思是说,听说她在这里做事吗?"

"不是,不是,是说她被送到这里养病。"

"是嘛!这是怎么回事呢?"

"我听说她在这里,是——让我想一想,"这位先生认真地在想,"有两年喽!"

"两年啦?"我觉得很惊奇,日子真的过得这么快吗?我记得她那副样子——

在她正常的时候,我并不知道她,我看见她时,她已经不成样子了!

在印象中,是有一次我到平安电影院看电影,这家位于东长安街的电影院并不顶大,但是外国人都喜欢到这里看电影。到了假日,高大的意大利水兵偕着中国某一类的女人游荡在东单王府井一带。而某一天大项便出现在一个意大利水兵的臂弯里!是在散场时,我看见她的,我的同伴认识她,但是看见她这样就不敢向她打招呼,只是偷偷地对我说：

"看见吗？怎么会这样啦！"

我不明所以，便问我的同伴："她是谁？"

"我们同校不同系毕业的。怪不得，我听说她最近因为失恋，神经不正常了，没想到不正常到这种地步！"

她陪着那意大利水兵，穿着不但不漂亮，而且显得有些邋遢相，固然那些陪伴意大利水兵的女性并不高明，但是也没有像这样类型的，她们都是打扮得很妖艳的。所以她这时的样子，反而被人所注目了。

过后，我又渐渐知道她失恋的故事，其实那是很简单的，她不过是被一个男人遗弃就是了。那男的也是个大学生，两人好得已经论嫁娶了，甚至于他们俩已经有了超友谊关系了，结果她竟忽然被遗弃，于是神经病就发作了。

以后，我在许多地方曾看见她，我也听到更多关于她发疯以后的情形。

我记得有一次是冬天，在青年会溜冰场溜冰后，便到青年会的浴室去洗澡。忽然听到有一间浴室里发出唱歌的声音，我心想，是什么人这么放肆？一个女性怎么好在公共的浴室里这么唱歌呢？等到我洗好出来了，那歌声还没断,而且还是越唱越高兴。我想这一定不是一个平凡的女人了。果然在外间存衣室里的那位女管理员,皱着眉头,向我们无可奈何地苦笑,并且指着墙上挂的衣服说:"你们看她穿了多少件大衣!"

"是谁?"

"大项嘛!"

墙上挂了两件大衣,一件是春季夹大衣,一件是冬季驼毛大衣,另外还有毛衣等。这就是说,她对于衣着的处理能力都失去了。正在这时,她忽然在里面叫女管理员进去一下。那位女管理员是个脾气很好的北京姑娘,按说她不可以随便在浴室里叫女管理员的,人家没有义务听你支使,但是她还是答应她进去了。这时浴室里听不见歌声了,只听见她们在里面谈话,然后大项哈哈大笑起来。

和我同去的朋友说:"你看她倒过得挺开心,又唱又笑的!"

女管理员出来对我们说,原来大项指着身上的伤痕给她看。

"什么伤痕?"大家悄声地问。

"让人打的,身上、腿上一条一条青的红的。"

"什么人可以这样打她?"我们不禁同情她,怀疑而愤慨地问。

"她说是在天津让治安机关关起来打的,逼她口供。"

"什么口供?"

"咱们也说不清。"大姑娘回答我们。

"可是她还笑哪!是怎么回事?"

"是呀!她说,'他们问我这是谁写的?我说人家给我亲笔签名的呀!人家不信,我就跳舞给人家看。'她这么说着就笑了!"

我们也只好摇头叹气,对于一个我们所不认识的疯子,我们除了看热闹、同情以外,也没有办法了。

等一下她终于洗好出来了,她看我们在注视她,并不在乎,她把挂在墙上的衣服一件件地穿上去。她比夏天我在平安电影院看见她时,更不像样了,尽管她有一个美丽的侧面,可是一个人疯成这样,怎么是个人了呢?

后来我才听说,原来她有一次自己坐火车到天津去,拿了一本纪念册,到处让人签名。有人知道她是疯子捉弄她,便在她的纪念册上胡乱签名,竟害了她。因为后来治安机关把她捉了去,问她是谁签的,她并不否认,就说是签名的人亲笔签的，而那些名字足以使她吃苦头，所以她被大打一顿。人家不知道她是疯子，直到她挨了苦打，却脱下衣服，裸体跳舞给人看，人家才知道她的神经不正常，也明了那签名一定是恶作剧的人干的，这才把她放了。她回到北平来，逢人便把伤痕示人，并且得意地说："我给他们跳舞唱歌，他们就把我放了！"

我不知道她已经疯了多久，但是就我自己所知道的时间，已经有半年了，从夏天在平安电影院到这冬天。我很奇怪，她是个大学毕业生，又曾为人师表，应当家庭是不错的，怎么她的家人不管她，就任她各地方乱跑，闹这么多可悲可笑的事情给人看热闹呢？

现在，一晃两年了，她竟穿着洁白整齐像医生一样的白外套，在这里工作了！当然我们可以想象，她是已经好了，并且因为她的大学资历和能力，她可能是在这里管管事的，王股长和李管理员不是都曾告诉我们，轻微的病人，可能工作的，也分配一点事情给她们做吗？

我跟着大队的参观者，一边走一边想着大项的这些经过。我们在走出工作室这部分时，王股长又停下来了，因为他正在不断解释、说明一些事情，并且答复参观者的询问。我们都围着他。忽然有人向他发问了：

"王股长，我们刚才看见一位女职员，就是那位穿着医生白外套的……"

"噢，那是我们妇女部分的工作人员。"王股长只这样简单地答复我们。

"我们知道，我看她面熟，她姓？"

"她姓项，项先生。"

"她就是大项！王股长，我知道一些关于她的事情，这里面也还有几位认识她的……"询问的参观者说着便在人群里看了看我，表示给王股长知道，我们既是认识她，当然也就会知道她曾经是疯子的事实，虽然在礼貌上未便明说，当然也还是希望王股长能告诉我们关于她的事了。

但是王股长很慎重，他很客气地问："噢，怎么认识她的呢？我刚才应当把她介绍给大家，她是一位工作能力很强、表现优良的工作人员。"

"我们认识她，是在她失去工作能力的时候。"答话的人也颇重技巧呢！

这么一说，王股长当然就明白我们知道她曾是疯子了，所以他又说：

"她现在已经完全好了。"

"看她完全好了,我们也高兴,但是她所受的失恋的刺激,如果想得开的人,实在也算不得什么,为什么对于她就这么严重呢?谁没失过恋!"

最后的一句话,引得大家都笑了,有人不禁向这位男士开玩笑说:

"难道你有经验?"

"我有经验,我有的是失恋的经验,还不止一次,可没有发疯的经验呀!"

"大概就是因为你失恋成了家常便饭了,所以发不了疯!"王股长也向他开玩笑,停一下,王股长似乎在犹豫,但他终于又说:"我们很高兴,项女士已经结婚了,她找到一位真正爱她的男人。"

"真的?"大家不禁异口同声地喊。一个人的遭遇真是难讲,居然有人去和曾经疯得这么厉害的女人结婚!所有人便问了:

"她的丈夫知道她的过去吗?"

"当然知道,并且……"王股长吞了一下口水,没说完。

"那岂不是要有殉道者精神的男人,才有这样的魄力去娶一个疯子？"

"他们快乐吗？"

"他们结婚多久了？"

"他们怎么认识的？"

大家你一言我一语地向王股长发问，王股长终于回答我们说：

"在我们想象中这样的婚姻，对于一个男人，也许是太冒险了，一个大男人还怕娶不着媳妇？必得娶个疯子，是不是？但是，我可以告诉大家，她的丈夫和她是由恋爱而成的婚姻，像你我一样的正常的恋爱，似乎没有感觉到他是有什么殉道者的精神。总之，他们是很自然地进行的。而且，她的丈夫是眼看着她接受治疗，以至痊愈的整个过程的。"

"啊！简直不能想象！"我们听王股长这么说，都不禁惊叹着。这时又有人发问：

"她的丈夫怎么可能眼看着她治好的过程呢？难道是她以前认识的？"

"不，"王股长说，"他们以前并不认识。嗯——我再坦白告诉大家吧，她的丈夫只有小学毕业的资格。"

"啊！一个大学毕业的女疯子，嫁给一个小学毕业的男人！不但不能想象，也不可思议！"有人这样惊喊着，但是别人都用食指按嘴轻轻地嘘他，表示不要表现得这么过分，那也许会被人当作没有礼貌了。其实每个参观者的心里，也都正惊喊着呢！好像这不是一件正常的事吧！我却希望王股长以解释、说明的态度讲给我们听，我们愿意去了解它。所以我问：

"王股长，我们毋宁说，对于项女士的例子很有兴趣，也愿意有更多的了解，希望您多给我们讲讲，何况我们对于她以前的遭遇也略略知道一点。"

"好的，"王股长很风趣，也很诚恳，他说，"处在像疯人院这样的环境里，我们和你们不同的地方，就是我们是见怪不怪，如果我们不以常人对待我们的病人，整天拿他们的疯魔当热闹看，那疯人院就别办了。所以对于他们的恋爱和结婚，在我们看来，是极普通的事。刚才有朋友问我她的丈夫怎么可能眼看她治好，那么，我就对大家说吧，她的丈夫也是我们这里的职员。"

大家又不禁彼此瞪着惊奇的眼互望着，张开嘴"啊"地说不出话来。王股长又接着说：

"也许各位又有新的问题了,既然项女士已经完全好了,那么她以一个大学毕业女性的资格去下嫁一位小学毕业生,是否快乐?真正的快乐?"

"是的,我正想问这个。"

"好的,我可以告诉大家,他们很快乐。无论如何,她的遭遇,所以致她于疯的那个打击,是一个大学毕业生的世家子弟所给予她的,那么在经历了这么一个大风暴以后,她平静下来了,一个诚实、好学的青年爱上她,他们结婚了,她和他愿意终身为丧失理智的人类服务,虽然这里的待遇并不高,但是爱情的价值对于她来说,是更高于城里的所谓高尚的社会。"

我们都点头表示同意,听王股长的这番话,各人的心里也许有各种不同的感想吧!

我的感想是什么?在当时可以说,是觉得很别扭的。一个好好的男人和一个曾经疯过,曾经被那么多人糟践过的女人结婚。想到这,真像咽下一个苍蝇那样恶心咧!

我们站在这里谈了有一会儿了,这地方对于我们这些外来人,毕竟是新鲜的。问东问西的,时间过去很多了,这时天有些暗了,在地坛的空旷的院地里,有古老高大的松林,挡住了夕阳的照射,偶然有乌鸦飞过去的叫声,不知怎么,更显得这地方的不同。

我们只来了不到三小时,但是好像离开北平城,离开我的家和学校很久远了。尤其看了和听了这些人和事,我的脑子里充满了眼前的事实,放羊的老者、叫三姑的妇人和这位大项。我差点儿要把我的家都忘了!妈妈还叫我早些回去,今天晚饭她说她要做我爱吃的菜呢!

大家的兴致很高,我们现在是向着男疯子部分走去,可是,我对于男疯子却怀着更恐惧的心理,因为总感觉他们是比较野蛮和凶悍的,好像更怕走进去,我怎敢像在女疯子群里那样穿来穿去呢?如果有个男疯子在我肩头拍一下,叫我一声"三姑"的话,那不是更要吓坏我了吗?除非他们一个个能像放羊的老头儿那样安详、和蔼,但是他们能吗?

所以我放慢了脚步,落在人群的后面,我宁愿多流连一下这广大的地坛,看石隙中野草丛生,想着古皇帝是怎样地在这里拜祭大自然,感谢大地的赐予,感谢他的子民的平安!啊!我脚下踏过的大石板路,岂不是许多朝代的皇帝走过的?他们可能想到千百年后,这里没有人感谢大地了，反而是住着不能容于大地的一群人类呢！

这时已经到了男疯子部分，男性参观者都进去了，没想到几位女性参观者也和我一样，是犹豫着不肯进去。王股长很好，他知道我们的心情，便也不勉强，而且还留在门外陪我们，好在还有别的职员带领那些男参观者。

王股长看我们在观赏风景，便和我们闲说了一些这里的古迹，然后他又忽然向我说：

"刚才是说您也认识项女士吗？"

"只是知道她。"我回答。

"你刚才是在李管理员带领的那一组吗？"

"是的，后来这组我的同学拉我过来的。"

"李管理员你觉得怎么样？"他忽然冒出这么一句话。我不明白他的意思，也只好回答：

"很好嘛，为我们讲解，跟您一样使我们知道许多事情。"

他"嗯"了一下，微笑着又问我："如果，我告诉你，李管理员就是项女士的丈夫，你觉得奇怪吗？"

没等他说完，我就又瞪起惊奇的眼光了："真的！"我的声音可以说是"悄悄的大声"。

是的，如果他们夫妇俩这时走在北平城里的大街上，谁又能不说他们是相配的一对呢！

此外，王股长便没再跟我多谈到李管理员和大项的事了，我也觉得应当适可而止，既然他们都是疯人院里的工作人员，大项不过是一个例子，我们不能一直拿这个例子当作话题谈个没完，虽然我还很想知道他们结婚多久了？她来这里治疗多久才好起来的？他们有没有小孩子？他们也进城去玩玩吗？这一类的问题。但是我什么也没问，王股长就被人叫进去了。

而这时，李管理员所带领的这一组也已到来，大家现在又会合在一起了。我这时不由得多注意李管理员几眼。无论如何，他不像是只有小学程度的人，他的谈吐、他的仪表，确是配得起大项的。如果他们以在这里居住和服务，为他们工作的目标和理想，那么，大学不大学又有什么重要呢！如果他们一天到晚有忙不过来的工作要做，城里的戏院子、电影院、东安市场，对于他们又有什么重要呢！

这时到男子部去的参观者陆续出来了，想必里面又发现了什么人生故事，有人正在说：

"我认识他。现在看起来确是好多了，还跟我说不愿意回家，就愿意在这儿多住些日子哪！难道要在疯人院住一辈子！"

"唉，这一群失去人生乐趣的人！"有人感叹地说。

"失乐园呀！"又有人脱口而道出米尔顿的这部史诗，以响应大家的感叹。

米尔顿写《失乐园》，虽然是叙述人被赶出乐园的故事，但是亚当和夏娃是带了将来可以复归乐园的希望而离开的呢！难怪王股长在一旁听见了，笑着说：

"我倒宁愿说我们地坛是乐园，并不是失乐园呢！"

大家在笑声中向地坛乐园告别了，感谢几位负责人员热心的带领参观，使我们在短短的一个下午得到这么多。

黄昏离开地坛，车子驰向北平城里，回到我们的社会来，我们的家庭来。

晚饭早已摆在桌上了。妈做了两样我爱吃的菜，大葱爆羊肉、芝麻酱拌菠菜梗，可是，我没了胃口！

我一回家就先洗澡，洗去一身的灰尘和疲劳，可是我总觉得我没洗干净，仿佛从地坛带来了什么洗不掉的东西。家人要我讲述所见所闻，我讲是讲了，饭可吃不下了，两条胳膊也老觉得肉麻。真有点神经过敏啦！

此后两三天,我都不太吃得下饭,只要闲着,脑子里就摇晃出地坛的景象来。

这么许多年过去了,地坛的景色,当时的同行者,差不多都记不起来了,但是只要我想到这件事,想到我曾经有一年去参观地坛疯人院,我的眼前就不由得浮起了——荒草园里放羊的老头儿,安详和可亲的面容;充满了母爱的关切的邓太太,和那一声"三姑"使我蓦然的回头;飘然而逝的白色的身影和她微笑的凝视……

而且,和他们的面容一齐浮向我的脑际的是王股长的话:"我宁愿说我们的地坛是乐园呢!"

从那以后,我长了那么多年岁了,我也仍不能确切地说出人生怎样才是真正的快乐,或者,我们是否真正地快乐过。

难忘的两座桥

走天桥

这座名叫"天桥"的桥,是六十多年前,我七八岁的时候,开始看见她的。她在我的母校北京师范大学附属小学的后操场边上。她的形状是这样的:

桥面约三码长,宽度约十英寸,厚度约十英寸,两边斜坡。整座桥全部都是木制,很结实。我们去走的时候,就叫做"走天桥"。下了课,同学们都喜欢到后操场去走天桥,是运动,也是趣味。由这一边爬走上去,两手扳着斜坡,弯着腰,撅着屁股一步步朝上走。虽很吃力,但很兴奋。上了桥面,可就要小心,因为要脚尖顶着前面脚跟,一步步小心翼翼的,两手有时要张开维持平衡的姿态,好像走钢索一样!

走完这条约三码长的桥面（中间要注意，可别掉下桥去呀），该下坡了，又是一阵紧张，比上坡可麻烦啰！因为下坡，大家都知道，可不是撅着屁股爬行，而是直着身子，挺胸，腆着肚子朝下走啊！脖子一动也不能动，架着你的脑袋，眼球不能左右乱看。

有一点还得知道，这木桥无论哪一面，都是平光的，虽不滑，但也不是很平稳。就这么挺胸腆肚子走下去，最后一步跳到地面上，算完成了这一趟"走天桥"。快乐地大喊一声，是成功了一件大事！

这种光面的爬行，是一种本事，她训练你胆大、心细，只许前进，不许退缩。所以"走天桥"，在我自小的心目中，永难忘怀。每逢走"她"，我都带着兴奋的心情。"要努力啊！"我告诉自己，"要走完啊！"我鼓励自己。"走完天桥"的心意，就这么自小到大养成了。

数十年后，我重踏第二故乡北京，再返母校找寻我的"桥"。桥不见了，很失望，不知何年何月给拆掉了。

我不知道有多少老同学老朋友记得我的桥，但是没关系，她永存于我心中，给我的影响是今生今世，永久永久。

难忘的两座桥

宽敞美丽的十七孔桥

从小到大，每年到颐和园做春假旅行是必然的事。那么广大（占地二百九十公顷）的皇家园林，里面有看不尽的自然的或人工的景致，是清末慈禧太后花费了海军军费三千万两雪白银子的款项修建的。这个中国最完美的皇家园林，虽然她自己享受了，但还是供给更多后世的人无尽的享用！

春假时节，从北京到颐和园的游春者，真是络绎于途，出了西直门，车呀，牲口呀，徒步的人呀，尘土飞扬的情景忘不了。我头上包着一块头纱，玩够了回家，还是满鼻孔的黄土。想当年，北京可真是"无风三尺土"，一点儿也不错啊！

到了颐和园，门口是两尊石狮子，雕刻的坐姿别提多美了。进了门就看见昆明湖的大湖面，向右看，是万寿山。我们总是先向左转，经过"耶律楚材"墓，向前走，就是铜牛。越过造型优美的十七孔桥，接连了昆明湖和万寿山，我只熟悉万寿山上高高的排云殿，一步步向上走去，许多这个殿、那个阁的，我可就背不出来了。

从万寿山朝广大的昆明湖望下去，十七孔桥历历在目。她是多么美啊！无论日出、日落，十七孔桥总是在晨曦的阳光中或月色朦胧中，安安稳稳地架在湖面上。她接连了湖与岸，游客走上排云殿，不免停驻阶梯上，回头望湖面，那白玉石栏杆的十七孔桥，像一道彩虹，跨在庙、亭之间。

如果你漫步在桥上，从桥栏向湖水望去，碧波荡漾中是天光云影。这十七孔桥，桥长一百五十公尺，宽八公尺，共有十七个桥洞，桥栏杆上雕有石狮五百多只，不同的姿态，造型非常美，无论大人小孩游客，都不由得要伸手去勾一勾、摸一摸。

到了夏天，昆明湖面上布满了游艇，堤岸上柳荫处处，散步在堤岸上，是无限的夏意之美。

我们知道颐和园是皇家用了该建海军的白花花的几千万两银子，但却不知道谁是那筑园的工程师，历史上没有记载，是无名英雄啊！

如今，十七孔桥，以及占地两百九十公顷的皇家园林，几百年下来，还是那么美丽地存在着。如果去北京旅行，可别忘了到颐和园走游一天，别忘记走一走我的十七孔桥，数一数桥栏杆上的石雕狮子啊！

访母校·忆儿时

我的小学母校是在大陆的北平，地址在和平门外厂甸，简称厂甸师大附小。北平的师范大学，有附属中学和附属小学，在同一社区，是文化古都北平有名的校区。我第一次返第二故乡北平，访母校附小是 1990 年 5 月的事。一群夏家的子侄陪我一道去，因为他们也都是附小毕业的，就连他们的子女，现在也都在附小读书，是一家三代的母校了。

校园还是老样子，大校门进去，是环抱两条斜坡的路，因为校园比大街高出许多。上了坡，眼前显现的是广大校园前部，一年级的教室仍在左手边！脑海里立刻浮现出下雨天我上课迟到，爸爸给我送衣服来的情景，那已经是六十多年前的事了。前方对面望去，有一排房子，当年是专为男生上课的劳作教室。旁边还有两个窗口的房子，是排队买早点烧饼麻花（油条）的地方。

我记得我的门牙掉了，吃起东西来抿着嘴，吃烧饼麻花也一样，又难看又不舒服。北平的小孩子掉了门牙，大人见了常会开玩笑说："吃切糕不给钱，卖切糕的把你门牙摘啦？"切糕是一种用黄糯米粉和红枣、芸豆、白糖蒸出来的糕，像我们台湾的萝卜糕一样大，人人都爱吃。

从校园向右往里走，经过二年级教室、花圃，穿过大礼堂、音乐教室，豁然一亮，就到了大操场和右手一排依旧是临街墙的老楼房教室，操场也还和从前一样，有滑梯、秋子、转塔等。想到我那时从前面的一、二年级升到后面的三、四年级，升高长大，心中好不得意。转塔、秋千、滑梯是我的"最爱"！

进到楼房廊下，看见一间教室的外墙上，钉着一个牌子，上面横写着三行字：

邓颖超同志
一九二〇年至一九二一年
曾在此教室任教

看起来很亲切，可见他们对邓颖超女士的敬重。她是周恩来的夫人，一对模范夫妇，他们生活简朴，一向喜爱收养抚育孤儿，非常有爱心，所以受人敬重。前些时（7月11日）邓女士以八十八高龄于久病后故去，我们也一样的悼念她。

校园没有变动，这栋楼房也是我在三、四年级上了两年课的地方。上下课的时候，钟声一响，群生奔向楼梯，木板被踩得咚咚响，我现在还好像听到吵人的声音。

校园的最后面，也就是楼房的右边，原有一排矮屋，是缝纫教室和图书室，但是现在却没有，太陈旧矮小被拆除了吧！但是我在这儿却有着难忘的生活。女生到了三年级就要到这间教室学针线。这屋里有两张长桌和一排靠墙的玻璃橱，橱里摆着我们的成绩——钩边的手绢、蒲包式婴儿鞋、十字刺绣等。教室的另一头是图书室，书架上是《小朋友》《儿童世界》杂志，居然还有很多商务印书馆出版的林纾、魏易用浅近的文言所翻译的世界名著，像《基度山恩仇记》《二孤女》《块肉余生记》《劫后英雄传》等，我都囫囵吞枣地读过，可见得，当我白话文还没学好的时候，已经先读文言的世界名著了，奇怪不奇怪！

在后面绕了一圈，又回到前院去，到我二年级的教室前拍了一照，因为它仍是当年我上课的教室，没有变动。我忽想起我上二年级的糗事，算术开始学乘法，我怎么也不会进位，居然被级任王老师用藤教鞭打了几下手心，到今天还觉得羞愧脸热。

今天走到这儿，拍了照，我忽然对晚辈讲起这些糗事并且笑着说："是不是我也可以在教室外挂一个牌子，上面写：林海音同学 1925 年至 1926 年曾在此教室挨揍。"

子侄们听了大笑！

五、六年级的教室，就在二年级教室的东面。我们升入六年级的第一天，下午下课前，新级任李尚之老师，指定几个男同学，要他们下了课留在教室，先不要回家。大家疑心重重，不知道是什么事要他们留下来：打扫教室？挂贴画表？功课不好需要补习？

有一些好事的同学便也留下来不回家，躲到离教室远远的角落看动静。

第二天，你们猜是怎么回事？

好事听动静的同学告诉我们了。原来昨天教室门关起来以后，只听见李老师叫那几个男同学一字排列，严词厉色地说,他知道他们几个人在五年级时是班上闹得不像话、又不用功的学生——五年级的钱老师是个老秀才,是好人,但是管不住学生,我就是从钱老师班升上来的,所以我知道——现在到了李老师班上。李老师说到这儿便拿起了藤教鞭,"咻!咻!"两下子,接着说:"到了我这班上,可没这么便宜!"便接着在每人身上抽了几下,几个出名的坏学生,便闪呀躲呀的,可也躲不及,只好乖乖地各挨了一顿揍。

"你们怎么知道?不是教室关紧了吗?"我们女同学问。"趴在门窗缝看见、听见了呀!"淘气的男同学扮着鬼脸说。

"也欠揍!"我也不客气地撇嘴对男生说。

小学的最后一年,在李尚之老师的教导下,我们成了优秀和模范班。矮矮胖胖、皮肤黝黑的李老师,是河北省人(附小的老师几乎都是河北省人),他虽严厉,但教课讲解仔细,也爱护我们,我们实实在在地受益不少。这一年中也有不少学生(男生最多)挨了揍,但是我们不觉得有什么不妥当,和现在有的老师拿打人出气是截然不同的。

我在附小记忆中的老师像教舞蹈体育的韩荔媛老师、

教缝纫的郑老师、二年级级任王老师、五年级级任钱老师（他的名字是钱贯一，反过来念就是"一贯钱"啦）都是一生难忘的。

我们附小主任是韩道之先生，他是韩荔媛老师的父亲。记得上三年级的时候，有一天他召集全校女生到大礼堂去听他训话。他发表谈话说，我们身体发肤受之父母，所以不可毁伤，劝大家不要随时髦剪掉辫子。因为那时正是新文化运动，西洋的各种风气东来，一股热潮，不但文化、衣着、生活上的种种习俗都改变了，剪辫子留短发也是女学生（甚至我母亲那样的旧式家庭妇女）的新潮流，韩主任的一番大道理，谁听得下去？过不久还不是十个女生有九个剪掉黄毛小辫儿，都成了短发齐耳了。我当然也是。

前面我说过，我们的缝纫教室也是学校图书室，我喜欢看书架上的杂志《小朋友》和《儿童世界》。《小朋友》是中华书局出的，《儿童世界》是商务印书馆出的。《小朋友》的创办人有一位是黎锦辉先生，他对中国的音乐教育太有贡献。我们是中国新文化开始后第一代接受西洋式的新教育，音乐、体育、美术，都是新的。我们小学生，几乎人人都学的是黎先生编剧作曲的歌剧，像《麻雀与小孩》

（太有名啦）《小小画家》《葡萄仙子》《可怜的秋香》《月明之夜》，哪一个不是小朋友们所喜欢、所唱过的哪！他办的《小朋友》杂志是周刊，每到星期六，我就等着爸爸从邮局（他在北平的邮局工作）提早把《小朋友》带回来。上面我爱看《鳄鱼家庭》，还有王人路（他是电影明星王人美的哥哥）的翻译作品。记得有一期登了一篇小说，说是一个王子慈善心肠，他走在路上很小心，低头看见地上有蚂蚁就踮着脚尖走，不愿踩到蚂蚁，这给我的印象很深。我虽然是任意走路的人，但是真的低头看见蚂蚁，也会不由得躲开走呢！这都是受了《小朋友》上小说的影响吧！

等我长大了，进了中学，当然满心阅读新文艺作品和翻译的西洋作品，《小朋友》就不知道什么时候从我的读书生活中消失了。

今年的暮春五月，我们一群儿童文学工作者到上海、北平、天津去和大陆上的同好者开会，热闹极了，亲热极了。我在会场上认识了许多人，重要的是在上海的会中，桂文亚给我介绍了今年八十六岁的陈伯吹老先生，他一生至今都是从事儿童文学工作，写作、编辑或教书。他虽是快九十岁的人了，但健康的气色、红润的肤色、亲切的谈吐,都使人有沐浴春风的感觉。大家都很敬重他,我也一样,给他拍了照片。

　　这时台北的陈木城过来了,他说:"来,林先生和七十岁的《小朋友》合拍一张。"原来他拿来的是一本《小朋友》创刊七十周年纪念号,全书彩色,虽然是二十四面薄薄的一本,但七十岁可是个长寿呀!算起来这位"小朋友"还比我小,我们都这么健康,我虽然这么大岁数,也没有失掉孩子气,我愿意像陈伯吹先生一样,一生都要分出时间来为孩子们不断地写!

我的童玩

我的"小脚儿娘"

老九霞的鞋盒里,住着我心爱的"小脚儿娘",正在静静地等着她的游伴——李莲芳的"小脚儿娘"。

夏日午后,院子里的榆树上,唧鸟儿(蝉)拉长了一声声"唧——唧——"的长鸣。虽然声音很响亮,但是因为单调,并不吵人,反而是妈妈带着小弟弟、小妹妹在这有韵律的声音中,安然地睡着午觉。只有我一个人,在兴奋地等着李莲芳的到来——我们要玩小脚儿娘。

一放暑假,我就又做了几个新的小脚儿娘。一根洋火棍,几块小小的碎花布做成的小脚儿娘,不知道为什么给我那么大的快乐。

老九霞的鞋盒,是小脚儿娘的家;鞋盒里的隔间、家具,也都是我用丹凤牌的洋火盒堆隔成的。如果是床,上面就有我自己做的枕和被;如果是桌子,上面也有我剪的一块白布钩了花边的桌巾。总之,这个小脚儿娘的家,一切都是照我的理想和兴趣,最要紧的,这是以我艺术的眼光做成的。

最让人兴奋的是,中午吃饭的时候,我准备了一个用厚纸折成的菜盒,放在坐凳我屁股旁边。等爸爸一吃完饭放下筷子离开饭桌时,我的菜盒就上了桌。我夹了炒豆芽儿、肉丝炒榨菜、白切肉等,装满一盒子。当然,宋妈会在旁边瞪着我。不管那些了,牙签也带上几根,好当筷子用。

李莲芳抱着她的鞋盒来了。我们在阴凉的北屋套间里,展开了我们两家的来往。掀开了两个鞋盒,各拿出自己的小脚儿娘来。我用手捏着只有一条裤管脚和露出鞋尖的小脚儿娘,哆哆哆地走向李莲芳的鞋盒去,然后就是开门、让座、喝茶、吃东西、聊闲天儿。事实上,这一切都是我俩在说话、在喝茶、在吃中午留下来的菜。说的都是大人说的话,趣味无穷。因为在这一时刻,我们变成了家庭主妇,一个家的主妇,可以主动、可以发挥,最重要的是不受制于大人。

我的童玩

从六岁到六十岁

旧时女孩的自制玩具和游戏项目，几乎都是和她们学习女红、练习家事有关联的。所谓寓教育于游戏，正可以这么说。但这不是学校的教育课程，而是在旧时家庭中自然形成的。

我五岁自台湾随父母去北平，童年是在大陆北方成长的，已经是十足北方女孩子气了。我愿意从记忆中找出我童年的游乐，我的玩具和一去不回的生活。

昨天，为了给《汉声》写这篇东西，和做些实际的玩具，我跑到沅陵街去买丝线和小珠子，就像童年到北平绒线胡同的瑞玉兴去挑买丝线一样。但是想要在台北买到缠粽子用的丝绒线是不可能的了。我只好买些粗的丝线，和穿孔较大的小珠子，因为当年六岁的我，和现在六十岁的我，眼力的使用是不一样啊！

用丝线缠粽子，是旧时北方小姑娘用女红材料做的有季节性的玩具。先用硬纸做一个粽子形，然后用各色丝绒线缠绕下去。配色最使我快乐，我随心所欲地配各种颜色。粽子缠好后，下面做上穗子，也许穿上几颗珠子，全凭自己的安排。缠粽子是在端午节前很多天就开始了，到了端午节早已做好，有的送人，有的自己留着挂吊起来。同时做的还有香包，用小块红布剪成葫芦形、菱形、方形，缝成小包，里面装些香料。串起来加一个小小的粽子，挂在右襟纽袢上，走来走去，美不唧唧的。除了缠粽子以外，也还把丝绒线缠在卫生球（樟脑丸）上。总之，都成了艺术品了。

珠子，也是女孩子喜欢玩的自制玩物，它兼有女性学习做装饰品。我用记忆中的穿珠法，穿了一副指环、耳环、手环，就算是我六岁的作品吧！

抓子儿

北方的天气，四季分明。孩子们的游戏，也略有季节的和室内外的分别。当然大部分动态的在室外，静态的在室内。女孩子以女红兼游戏是在室内多，但也有动作的游戏，是在室内举行的，那就是"抓子儿"。

抓子儿的用具有多种，白果、桃核、布袋、玻璃球，都可以。但玩起来，它们的感觉不一样。白果和桃核，其硬度、弹性差不多。布袋里装的是绿豆，不是圆形固体，不能滚动，所以玩法也略有不同。玻璃球又硬、又滑，还可以跳起来，所以可以多一种玩法。

单数（五或七粒）的子儿，一把撒在桌上，桌上铺了一层织得平整的宽围巾，柔软适度。然后拿出一粒，扔上空，手随着就赶快拣上一颗，再扔一次，再拣一颗，把七颗都拣完，再撒一次，这次是同时拣两颗，再拣三颗的，最后拣全部的。这个全套做完是一个单元，做不完就输了。

女性的手比较巧于运用，当然是和幼年的游戏动作很有关系。记得读外国杂志说，有的外科医生学女人用两根针织毛线，就是为了练习手指运用的灵巧。

抓子儿，冬日玩得多，因为是在室内桌上。记得冬日在小学读书时，到了下课十分钟，男生抢着跑出教室外面野，女生赶快拿出毛线围巾铺在课桌上，抓起子儿来。

为了收集这些玩具给《汉声》，我买来一些白果，试着玩玩。结果是扔上一颗白果，老花眼和略有颤抖的手，不能很准确地同时去拣桌上的和接住空中落下来的了。很悲哀呢！

除了抓子儿，在桌上玩的，还有"弹铁蚕豆儿"。顾名思义，蚕豆名铁，是极干极硬的一种。没吃以前，先用它玩一阵吧，一把撒在桌上，在两粒之中用小指立着划过去，然后捏住大拇指和食指，大拇指放出，以其中的一粒弹另外一粒，不许碰到别的。弹好，就可以拣起一粒算胜的，再接着做下去，看看能不能把全有的都弹光算赢了。

跳绳和踢毽子

这两项游戏虽是至今存在,不分地方和季节的,但是玩具就有不同。跳绳,当然基本是麻绳,后来有童子军绳和台湾的橡皮筋。我最喜欢的,却是小时候用竹笔管穿的跳绳。放了学到琉璃厂西门一家制笔作坊,去买做笔切下约寸长的剩余竹管,其粗细是我们用写中楷字的笔。很便宜地买一大包回来,用白线绳一个个穿成一条丈长的绳。这种绳子,无论打在硬土地上、砖地上,都会发出清脆的竹管声,在游戏中也兼听悦耳的声音。

跳双绳颇不易,有韵律,快速。但是在跳绳中拣铜子儿,也不简单。把一叠铜子儿放在地上(绳子落地碰不到的地方),每跳一下,低头弯腰下去拣起一个铜子儿,看你赶不赶得上又要跳第二下?又跳,又弯腰,又伸手拣钱,虽不是激烈运动,却是全身都动的运动呢!

踢毽子是自古以来的中国游戏,这玩具羽毛是基础,但是底下的托子却因时代而不同了。在我幼年时,虽然币制已经用铜板为硬币,但是遗留下来的制钱,还有很多用处,做毽子的底托,就是最好的。方孔洞,穿过一根皮带,把羽毛捆起来,就是毽子了。

自己做毽子,也是有趣的事。用色纸剪了当羽毛,秋天的大朵菊花当羽毛,都是毽子。而记忆中有一种为儿童初步学踢毽子的,叫"踢制钱儿",两枚制钱用红头绳穿起来,刚好是小孩子的手持到脚的长度即可。小孩子提着它,一踢一踢的,制钱打着布鞋帮子,倒也很顺利。

踢毽子到学习花样儿的时候,有一个歌可以念、踢,照歌词动作:"一个毽儿,踢两瓣儿。打花鼓,绕花线儿。里踢,外拐。八仙,过海。九十九,一百。"

念完,刚好踢十下,但是踢到第五下以后,就都是"特技"了!

活玩意儿

小姑娘和年幼的男孩,到了春天养蚕,也可以算"玩"的一种吧!到了春天,孩子们来索求去年甩在纸上的蚕卵,眼看着它出了黑点,并且动着,渐渐变白、变大。于是开始找桑叶,洗桑叶,擦干,撕成小块喂蚕吃。要吐丝了,用墨盒盖,包上纸,把几条蚕放上去,让它吐丝,仔细铲除蚕屎。吐够了,做成墨盒里泡墨汁用的芯子,用它写毛笔字时,心中也很亲切,因为整个的过程,都是自己做的。

最意想不到的,北平住家的孩子,还有玩"吊死鬼儿"的。吊死鬼儿,是槐树虫的别名,到了夏季,大槐树上的虫子像蚕一样,一根丝,从树上吊下来,一条条的,浅绿色。我们有时拿一个空瓶,一双筷子,就到树下去一条条地夹下来放进瓶里,待夹了满满一瓶,看它们在瓶里蠕动,是很肉麻的,但不知为什么不怕。玩够了怎么处理,现在已经忘了。

雨后院子白墙上,爬着一个浅灰色的小蜗牛,它爬过的地方,因为黏液的经过,而变成一条银亮的白线路了。

你要拿下来,谁知轻轻一碰,蜗牛敏感的触角就会缩回到壳里,掉落到地上,不出来了。这时,我们就会拉出了声音唱念着:

"水牛儿——水牛儿,先出犄角后出头。你妈——你爹,给你买烧饼羊肉吃呀……"

又在春天的市声中,有卖金鱼和蝌蚪的。蝌蚪北平人俗叫"蛤蟆骨朵儿",花含苞未开时叫"骨朵儿",此言青蛙尚未长成之意。北平人活吞蝌蚪,认为清火。小孩子也常在卖金鱼挑子上买些蝌蚪来养,以为可以变成青蛙,其实玻璃瓶中养蝌蚪,是从来没有变成过青蛙的,但是玩活东西,总是很有意思的。

剪纸的日子

一张张四四方方彩色的电光纸,对折、对折、再对折,小小的剪子在上面运转自如地剪起各种花样。剪好了,打开来,心中真是高兴,又是一张创作,图案真美,自己欣赏好一阵子,夹在一本爸爸的厚厚的洋书里。

剪纸,并不是小学里的剪贴课,而是北方小姑娘的艺术生活之一。有时我们几个小女孩各拿了自己的一堆色纸,凑在一起剪,互相欣赏,十分心悦。

等到长大些,如果家中有了喜庆之事,像爷爷的生日,哥哥娶嫂子,到处都要贴寿字、双喜字,我们就抢不及地帮着剪,这时有创意的艺术字,就可以出现了。

英子的乡恋

第一信　给祖父

英子十四岁

亲爱的祖父：

当你接到爸爸病故的电报，一定很难受的。您有四个儿子，却死去了三个，而爸爸又是死在万里迢迢的异乡。我提起笔来，眼泪已经滴满了信纸。妈妈现在又躺在床上哭，小弟弟和小妹妹们站在床边莫名其妙是怎么回事。

以后您再也看不见爸爸的信了，写信的责任全要交给我了。爸爸在病中的时候就常常对我说，他如果死了的话，我应当帮助软弱的妈妈照管一切。我从来没有想到爸爸会死，也从来没有想到我有这样大的责任。亲爱的祖父，爸爸死后,只剩下妈妈带着我们七个姐弟们。北平这地方您是知道的,我们虽有不少好朋友,却没有亲戚,实在孤单得很,祖父您还要时常来信指导我们一切。

妈妈命我禀告祖父,爸爸已经在死后第二天火葬了,第三天我们去拾骨灰,放在一个方形木匣内,现在放在家里祭供,一直到把他带回故乡去安葬。因为爸爸说,一定要使他回到故乡。

第二信　给祖父

英子十四岁

亲爱的祖父：

您的来信收到了，看见您颤抖的笔迹，我回想起五年以前，您和祖母来北平的情况，那时候小叔还没有被日本人害死，我们这一大家人是多么快乐！您的胡须，您的咳嗽的声音，您每天长时间坐在桌前的书写，都好像是昨天的事。如今呢？只剩下可怜孤单的我们！

您来信说要我们做"归乡之计"，我和妈妈商量又商量，妈妈是没有一定主张的，最后我们还是决定了暂时不回去。亲爱的祖父，您一定很着急又生气吧！禀告您我们的意见，您看觉得怎么样。

我现在已经读到中学二年级了，弟弟和妹妹也都在小学各班读书，如果回家乡去，我们读书就成了问题。我们不愿意失学，但是我们也不能半路插进读日本书的学校。而且，自从小叔在大连被日本人害死在监狱里以后，我永远不能忘记,痛恨着害死亲爱的叔叔的那个国家。还有爸爸的病,也是自从到大连收拾小叔的遗体回来以后,才厉害起来的。爸爸曾经给您写过一封很长很长的信,报告叔叔的事,我记得他写了很多个夜晚,还大口吐着血的。而且爸爸也曾经对我说过,当祖父年轻的时候,日本人刚来到台湾,祖父也曾经对日本人反抗过呢!所以,我是不愿意回去读那种学校的,更不愿意弟弟妹妹从无知的幼年,就受那种教育的。妈妈没有意见,她说如果我们不愿意回家乡,她就和我们在这里待下去,只是要得到祖父的同意。亲爱的祖父,您一定会原谅我们的,我们会很勇敢地生活下去。就是希望祖父常常来信,那么我们就如同祖父常在我们的身边一样地安心了。

妈妈非常思念故乡,她常常说,我们的外婆一定很盼望她回去,但是她还是依着我们的意思留下来了,妈妈是这样的善良!

第三信　给堂兄阿烈

英子十六岁

阿烈哥哥：

　　自从哥哥回故乡以后，我们这里寂寞了许多。我和弟弟妹妹打开了地图，数着哥哥的旅程，现在该是上了基隆的岸吧？我们日日听着绿衣邮差的叩门声，希望带来哥哥的信，说些故乡的风光！您走的时候，这里树叶已经落光了，送您到车站，冷得发抖，天气冷，心情也冷。您自己走了，又带走了爸爸的骨箱。去年死去了四妹，又死去了小弟，在爸爸死去的两年后，我们失去了这样多的亲人。算起来，现在剩下我们姐弟五个和可怜的妈妈。送哥哥走了以后，回到家里来，妈妈说天气太冷了，可以烧起洋炉子来，虽然屋子立刻变暖，可是少了哥哥您，就冷落了许多。您每天晚上为我们讲的《基度山恩仇记》还没有讲完呢！许多个晚上，我们就是打开地图，看看那一块小小地方的故乡。

妈妈一边向炉中添煤,一边告诉我们说:"故乡还是穿单衣的时候。"是么哥哥?那么您的棉袍到了基隆岂不是要脱掉了吗?妈妈又说,故乡的树叶是从来不会变黄、变枯,而落得光光的;水也不会结冰,长年地流着;椰子树像一把大鸡毛掸子;玉兰树像这里的洋槐一样的普遍;一品红也不像这里可怜地栽在小花盆里,在过年的时候才露一露;还有女人们光着脚穿着拖板,可以到处去做客;还有,还有,等等。故乡的一切真是这样的有趣吗?您怎么不快写信来讲给我们听呢?

妈妈说,要哥哥设法寄这几样东西:新竹白粉、茶叶、李咸和龙眼干。后面几项是我们几个人要的,把李咸再用糖腌渍起来的那种酸、甜、咸的味道,我们说着就要流口水啦!妈妈说,故乡还有许多好吃的东西,在这里是吃不到的。最后妈妈说:"我们还是回台湾怎么样?"我们停止了说笑声,不言语了,回台湾,这对于我们岂不是梦吗?

第四信　给堂兄阿烈

英子十七岁

阿烈哥哥：

您的来信给我们带来了最不幸的消息——亲爱的祖父的死。失去祖父和失去父亲一样的使我们痛苦，在这世界上，我们好像更孤零无所依靠了。北方的春天虽然顶可爱，但是因为失去了祖父，春天变得无味了！有一本祖父用朱笔圈过的《随园诗话》，还躺在书桌的抽屉里。我接到哥哥的信，不由得把书拿出来看看，祖父的音貌宛在，就是早祖父而去的父亲、小弟、四妹，也一起涌上了心头。我常常想，这些事情都不是真的——失去了许多亲人。我在小小年纪便负起没有想到过的责任，生活在没有亲族和无所依赖的异乡，但摆在面前的这一切，却都是真的呢！我每一想到不知要付出多少勇气，才能应付这无根的浮萍似的漂泊异乡的日子时，就会不寒而栗。我有时也想，还是回到那遥远的可爱的家乡去，赖在哥哥们的身旁吧，但是

英子的乡恋

再一念及我和弟妹们受教育问题，便打消了回故乡的念头。我们现在是失去了故乡，但是回到故乡，我们便失去了祖国。想来想去，还是宁可失去故乡，让可爱的故乡埋在我的心底，却不要做一个无国籍的孩子。

昨天我在音乐课上学了一首《念故乡》的歌，别人唱这个歌时无动于衷，我却流着心泪。回到家里，我唱了又唱，唱了又唱。弟弟还说："姐姐干吗唱得那么惨！"可爱无知的弟弟哟！你再长大些，就知道我们失去故乡的痛苦的滋味，是和别人不同的。

您问我们这个新年是如何度过的，还不是和往年一样，把几个无家可归的游魂邀到家里来共度佳节。今年有张君和李君，他们三杯酒下肚，又和妈妈谈起家乡风光来了。这一顿饭直吃得杯盘狼藉，李君醉醺醺地说："回去吧，英子！回去吃拔仔，回去吃猪公肉！"哥哥，他们的醉话和我的梦话差不多吧！我曾听张君说过的，他们如果回去的话，前脚上了基隆的岸，后脚就会被警察带去尝铁窗风味呢！但是我知道，他们思念家乡比我还要痛苦的！我虽然这样热爱故乡，但是回忆起来，却是一片空白。故乡是怎样的面貌啊！我在小小的五岁时就离开她，我对她是这样的熟悉,又这样的陌生啊!

上次给哥哥寄去的照片,您说有一位同村的阿婆竟也认出说:"这是英子!"我太开心了,我太开心了,我居然还没有被故乡忘掉吗?让我为那位可爱的阿婆祝福,希望在她的有生之年,我们有见面的一天吧!

第五信　给堂兄阿烈

英子二十八岁

阿烈哥哥：

给您写这封信是怀着怎样的心情，真是形容不出来！哥哥，您还认得出妹妹的笔迹吗？自从故乡大地震的那一次，您写信告诉我们说，家人已无家可归，暂住在搭的帐篷里，算来已经十年不通信了。这十年中，您会以为我忘记故乡了吗？实在是失乡的痛苦与日俱增，岁岁月月都像是在期待什么，又像是无依无靠无奈何。但是真正可期待的日子终于到临。八月十五日的中午，所有的日本人都跪下来，听他们的"天皇"广播出来的降书。我在工作了四年的藏书楼上，脸贴着玻璃窗向外看，心中却起伏着不知怎样形容的心情，只觉得万波倾荡，把我的思潮带到远远的天边，又回到近近的眼前！喜怒哀乐，融成一片！哥哥，您虽和我们隔着千山万水，这种滋味却该是同样的吧？这是包着空间和时间的梦觉！

让我来告诉哥哥一个最好的消息,就是我们预备还乡了。从一无所知的童年时代,到儿女环膝的做了母亲,这些失乡的岁月,是怎样挨过来的?雷马克说:"没有根而生存,是需要勇气的!"我们受了多少委屈,都单单是为了热爱故乡,热爱祖国,这一切都不要说了吧,这一切都譬如是昨天死去的吧,让我们从今抬起头来,生活在一个有家、有国、有根、有底的日子里!

哥哥您知道吗?最小的妹妹已经亭亭玉立了,我们五个之中,三个已为人妻母,两个浴在爱河里。妈妈仍不见老,人家说年龄在妈妈身上是不留痕迹的!而我们也听说哥哥有了四千金,大家见面都要装得老练些啊!

妹妹和弟弟有无限的惆怅,当他们决定回到陌生的故乡,却又怕不知道故乡如何接待这一群流浪者,够温暖吗?足以浸沁孤儿般的涸干吗?

哥哥,千言万语,不知从何说起,您就准备着欢迎我们吧!对了,您还要告诉认识英子的那位阿婆(相信她还健在)英子还乡的消息吧,我要她领着我去到我童年玩耍的每一个地方,我要温习儿时的梦。好在这一切都不忙的,我会在故乡长久、长久、长久地待下去,有的是时间去补偿我二十多年间的乡恋。哥哥,为我吻一下故乡的泥土吧!再会,再会,再会的日子是这样的近了!

[后记]《英子的乡恋》是我在1951年3月写的,到如今刚好十三个年头儿了!日子有飞逝的感觉。这几封信虽不一定每封都是真的写过的,但却是我当时真实的心情和真实的生活情景。写时倾泻了我的全部的情感,因此自己特别珍爱这篇小文。也许别人读了无动于衷,那倒也没有什么关系。

先祖父林台(号云阁)先生在世时,是头份地方上受人尊敬的长者,做过头份的区长。他在世时,每年回一次祖籍广东蕉岭。我们过海到台湾已经有五六代了。先父林焕文先生是先祖父的长子,他毕业于日据时代的国语学校师范部,精通中日文。毕业后曾执教于新埔公学校,因此台湾文艺社的社长吴浊流先生做过先父的学生。现在吴先生六十多岁了,还在热心地提倡文艺,先父却在四十四岁的英年因肺疾逝世于故都北平。吴先生讲起受教于先父的日子时,热泪盈眶。他说那时他才不过十一岁,如今记忆犹新。他说先父风流潇洒,写得一笔好字,当先父写字的时候,吴先生常在一旁拉纸,因此先父就也写了一幅《滕王阁序》送给他。五十年了,当然这幅字没有了,记忆却永留,这不就够了么!

先父后来到板桥的林本源那里做事,我母亲是板桥人,所以他娶了母亲。他后来到日本大阪去,在那里生下了我。我的母亲告诉我,我们从日本回台湾时,我三岁,满嘴日本话。在家乡头份,我很快学会说客家话,不久,先父到北京去,我跟着母亲回她的娘家板桥,我又学说闽南话。然后,五岁到北京(我所以说北京,因为那时是1923年、1924年,还叫北京)。据母亲告诉我,我当时的语言紊乱极了,用日本话、客家话、闽南话、北平话表达意见。最后,很快的,就剩了一种纯正的语言——北平话。我现在只能听懂和说极少的客家话,虽能说全部的闽南话,但是外省朋友听了说"你的台湾话我听得懂!"本省朋友听了说"你是哪里人,高雄吗?"这是因为高雄地区的闽南话比较硬的缘故吧!而且闽南话系有七声,北平话只有四声,用四声去说七声的话,所以有荒腔走板的毛病。

文中阿烈哥哥是我的堂兄林汀烈先生。当年先父要他到北平去读书,他却一心一意地爱上了戏剧学校,他想去考，先父不答应。戏剧学校虽然没进成，却自己学会了一手好胡琴。我曾跟他开玩笑说："你如果当年真进了戏剧学校，跟宋德珠、关德咸他们是同辈，说不定你林德烈真成了名须生呢！"阿烈哥哥是个老实人，他在光复初任职于中广公司，后来回家乡，现任职于头份镇公所。

我的第二故乡是北平，我在那里几乎住了一个世纪的四分之一。因此除了语言以外，我也有十足的北平味儿，有些地方甚至"比北平人还北平"。

文中提到的小叔，是我最小的叔叔林炳文先生。他当年和朝鲜的抗日分子同在大连被日本人捉到，被毒死在监狱里。先父去收尸回来，才吐血发肺疾的。小叔最疼爱我，我在北平考小学是他带我去的，第一次临柳公权《玄秘塔》的字帖，是他给我买的。我现在每次回头份时，小婶见了我，触动她的伤心事，总要哭一哭。

我现在很怀念第二故乡北平，我不敢想什么时候才再见到熟悉的城墙、琉璃瓦、泥泞的小胡同、刺人的西北风、绵绵的白雪……既然不敢想，就停下笔不要想了吧！

友情

似乎只有春夏两季的岛上生涯过得真快,一转眼就是三年了。今天,白天听着巷子里叫卖椪柑的声音,晚上按摩的盲者又拖着木屐,吹着笛子从窗前经过,和三年前自基隆舍舟登岸后,借住在东门二妹家的情景一模一样。

邻居的一品红开得正盛,陪伴着一株高大的橡皮树,在墙头迎风招展。在北平,这是珍贵的"盆景",此刻正陈列在生了洋炉子的客厅里,和冷艳的腊梅并列。

想到了北平,便不能忘怀扔在那时的一大片,家搬到那里二十多年了,可留恋的东西实在很多,衣服器物,只要有钱原可以再购置,但是书籍,尤其照片,如果丢了就没法子补偿。更可怀念是那一帮朋友——那一帮撇着十足京腔的朋友,他们差不多都没舍得离开那住进去就不想走的古城，现在不但书信不通，简直等于消息断绝。

这些朋友，有的是同事，有的是同学，有的是同乡，有的兼有以上两种或三种的资格。我们从梳着两条小辫儿一同上学到共同做事养家，又到共同研究哺育子女的方法，几十年都没有离开这城圈儿，现在却像分居在两个世界里，不知何日重见。和这些朋友彼此互悉家世，了解性格，而且志趣相投，似乎永远没有断交的可能。但是经过长期的和世事封锁，将来再见，也想象不出他们那时是何等情景了。

我刚回到台湾时，幸运的是家人大部分团聚，甚至还多了许多亲戚长辈。不过寂寞的是友谊突然减少，偶然有剩余的时间，觉得无所寄托，认识的人虽多，可以走动的朋友却极少，值得饮"千杯酒"的知己更少。所以我那时常对人说，回到台湾，理论上是还乡了，实际上却等于出了远门儿，因为只有到一个新地方才感觉到没有朋友的寂寞，"出门靠朋友"，没有朋友便有身世流亡、无所依靠之感。

幸亏第一个来填补这个"感情的真空"的是乡情。我所能感觉到的乡情有两种，一种是台湾的，许多亲友听说我"少小离家老大回",都来接风叙旧,对于我的"乡音未改",尤其感到愉快。另一种是大陆的,例如山东朋友明明听到我是"京油子",却坚持要称我是"老乡",广义地说,都是从大陆上来的;再狭义一点儿,好像我们都有资格参加华北运动会,他却不晓得我是回了"本乡本土"的呢!反而是到了台湾人的面担子上,老板娘却坚持说我连"半山"都不像。

第二个是,友情之门忽然开放,许多"不速之客"闯了进来。这完全是因为偶然在报章杂志写写稿子的缘故,日子一多,纸上也熟悉了。以文会友,一封表示"久仰"的信便可以建立了友情。

这许多新朋友是分住在各地的,有的在热闹的城市,有的在安静的小城镇,有的在风景区。台湾的交通便利,旅行成了极平常的事,再远的地方也不过朝发夕至。无论新朋友老朋友,都是到一处,搅一处,一地有一地的情味,一处有一处的风光,虽然台湾的恶酒不足以论文,甚至会吓跑了文思,但是作客异地,秋窗夜话,已经够得上是件乐事了。我常常感觉到,即使从小看大,乃至天天见面的老朋友,有些共同生活反而不容易产生,例如昔人说

"联床夜话",想一想,越是亲近如邻居,反而不会有这种乐趣的。

木屋生活是有趣的,榻榻米上可以许多人拥被围坐,中间放一只矮脚桌,烟茶果点,有备无患。如逢冬夜,加上火盆一只,烧着熊熊的相思炭,上面烧水、烤薯、煮咖啡,无往而不利。战火余生,得到这样自由自在的生活,真该谢天谢地了。

两年来,在台湾交的新朋友,寄来的信已经塞得满满一抽屉。台北的电话太少,本市的朋友也要靠绿衣人联络,所以写信也成了伏案生活的一部分。写信有好处,"物证"在手,闲时可供消遣,必要时也可资覆按,比起话说过了不存形迹,另是一番趣味。

信笔至此,风正吹着门窗格格作响,雨打椰树发出沙沙的声音来。若有足音到窗前而止,敲着玻璃问道:"海音在家吗?"我必掷笔而起,欣然应道:"在家在家,快请进来坐,乌龙茶是刚沏好的啊!"

寂寞之友

当你脑中毫无蕴蓄,而硬要透支灵感,是多么困难的事!我坐这里好久了,钢笔也不知蘸了多少墨水,却无法继续写下去。一赌气,扔下笔,推开稿子,打个呵欠,伸伸懒腰,一头仰在椅背上,闭目深思。猛一睁眼,看见天花板上正趴着我的"寂寞之友",不知它在这里等待我多久了?我微笑地望着它,心里不禁喊道:"朋友,来了吗?"

可是我的脸和它正是个垂直线的距离,虽然和它已经很熟悉,夜夜在这里见面,但是关于它的种种故事,对于我印象太深,无论怎样亲切,也会习惯地怀着戒心——我怕它也许一高兴,撒泡尿滴到我正张望的眼睛里,我连忙把藤椅挪挪窝。

伏案太久了,仰起身来靠在椅背上是一件很舒服的

寂寞之友

事，任思想去游离。把紧张的思索抛开，正像一条珠链断了，珠子撒了满地，任意地滚散出去，有的便不知滚到哪个角落里去了。我把一根思索系在那"寂寞之友"的身上，看它不变的姿势能维持多久。可是有时反而是我敌不过它，在思想游离之间便忘记了它的存在。猛然想起它来，再注意地望去，它却不知在什么时候跑得无影无踪了，你真要找它是不容易的，它是个又扁又软的肉体，快，又没声音。

我真奇怪，怎么自幼就知道的这种小动物，一直到现在才引起我的注意。是在像今夜一样的时候，我坐在书桌前发怔，思泉枯竭，就是吸满一管子墨水，也是写不出字来。我轻嘘了口气，把视线从桌上移到窗上，正好看见这个可怕的小东西趴在那里，它是在窗子外面的，因此在屋里所看见的是它的白色肚皮，赤裸裸地贴在玻璃上。那样子是极丑恶的，看到它就要使我浑身酥麻。打个冷战，我却站了起来，把脸趋上去，是想对它观察一番。因为我忽然想，长这么大了，从来没有仔细看看这种小动物呢！在我以为，或许可以在它那白色肚皮上发现像蝎子的肚子一样，有一张牌九什么的。可是并没有什么奇迹，只是光溜溜的白色而已。

我的好奇心又驱使我伸出手来，想隔着玻璃摸摸它的肚皮，可是伸出去的手又缩回来了，自幼养成对这种东西的恐惧心理，即使隔着玻璃，我也不敢去动一动。

一直到它扭动着腰肢，一瞬间便溜走到不知什么地方去，我才收回视线。这时忽然像一股泉水的复活，灵感汩汩而出，我又回到稿纸上来了。

许多夜晚它的出现，不禁引起我对它研究的兴趣，我有时会忽然停笔，跳出思想的陷阱，去寻找我寂寞的朋友，像白天我寂寞地做着家事一样，会忽然放下针线，推开家门来看看，张家李家的什么什么人刚走过去或者回来了，虽然对这些熟悉的面孔从来没有招呼过，可是他们也会使我惦记。

它喜欢贴在玻璃上，我想，白白的肚皮贴在上面一定很凉爽，它喜欢靠近光亮的地方，对于猎取食物比较便利吧！有时在桌边，也有时在书堆上。它的名字虽然叫"壁虎"，可是它并不太喜欢高踞墙壁。他总是停驻在很快便可以隐没的地方，宽阔的墙壁，也许它认为逃避起来不太方便吧！

它的颜色和姿态在仔细地观看后，实在是很美丽的。

寂寞之友

褐灰色的花纹,布满了全身,一直到尾巴。说起尾巴,那倒是它全身最可怕的地方了,尾巴很长,占了全身的二分之一。当它静静地趴在那里,只有尾巴高高翘起摇动着,那一定是正在打主意——攫取食物的主意。我听说过,把它的尾巴切下来,还会跳动着找到自己的身体接上去。又说那尾巴钻入人的耳朵如何如何,那真是不可思议,当你想到这儿,手总是不由自主去摸摸自己的耳朵。走路和攫取食物的迅速,使你看都来不及,正在飞着的小虫,只凭它一张嘴便抢到嘴里,真是可佩的技术。

有人说台湾南部的壁虎是会叫的,过了北回归线到台中以北便成了哑巴。去年到南部旅行,的确听到它们的叫声。可是北返时在新竹小住,也听见它们的叫声,朋友说:"三十八度线打破了,会叫的壁虎渐渐北上。"果然不错,在一个寂寞的晚上,孤坐灯下书写,忽然一声"吱——吱",它们果真叫到台北来了!

黄昏对话

秋很高，黄昏近了，她的颜色像浓红的醇酒，使人沉醉。我在这时思想游离了，想到西山的红叶，但是沉醉在这个黄昏下的，却是摇曳的大王椰子：绿色的椰叶上蒙着一层黄昏的彩色，她轻轻地摇摆着。

妈妈不知在什么时候穿过摇摆的椰树来了。

妈妈的银发越来越多了，它们不肯服贴在她的头上，一点小风就吹散开，她用手拢也拢不住。她进来一坐下就说：

"我想起那个名字来了。"

她的牙齿也全部是新换的，很整齐，但很不自然地含在嘴里，使得她的嘴形变了，没有原来的好看，一说话也总要抿呀抿的。我说：

"什么名字呀？"

她脱掉姻伯母修改了送给她的旧大衣,流行的样子,但不合妈妈的身材。她把紫色的包袱打开,拿出一个纸包来:

"刚蒸的,你吃不吃?我早上花了一盆面,用你们说的那种花混。"她递给我一个包子,还温和,接着又说,"就是那个,一种花的名字。"

她想了想,又忘了。

我把包子咬了一口,刚要说什么,美丽过来了,她说:

"婆婆,你别说花混好不好!你说发粉,你说,婆,你说——发粉。"

妈妈笑了笑,费力地说:"花、混。"她知道还是没说对,哈哈笑了,"别学我好不好?"

"你不是说你是老北京吗?"美丽又开婆婆的玩笑。

"北京人对婆婆说话要说您,不能你你你的。只有你哥哥还和我说您。"

"我哥哥是马屁精,他想跟你要舅舅的旧衣服穿,就叫您您您的!"美丽说完跑掉了,妈妈想拍她一下也没拍着。

我想起来了,又问:

"您到底说的什么花的名字呀?"

"对了,"妈妈也想起来了,"就是你那天说你爸爸喜欢种的，台湾话叫煮饭花，北京人叫什么来着，瞧我又忘了。"

"再想想。"

"想起来了，"妈妈高兴地又抿抿嘴，"茉莉花。"

"茉莉花？怎么也叫茉莉花呢？茉莉花是白的，插在头上，或是放在茶叶里的呀！"

"就是也叫茉莉花，一点不错。"

"台湾话为什么叫煮饭花呢？"

"要煮饭的时候才开的意思。"

"那也是在该煮晚饭的时候。可不是，爸爸每天下班回来，从外院抱着在门口迎接他的燕生呀，阿珠呀，高高兴兴地进来了，把草帽向头后一推，就该浇花了。这种茉莉花的颜色真多，我记得还有两色的，像黄的上面带红点，粉红的上面带紫点，好像这里的啼血杜鹃花。"

"你记不记得这种花结的籽？"

"怎么不记得，黑色的，一粒粒像豌豆那么大，掰开来，里面是一兜粉，您说可以搽的，可以搽吗？您搽过吗？"

"可以搽，可是我没搽过。"

"您搽粉也真特别，总是不用粉扑，光用手抹了粉往脸上来回搽着，那是为什么？"

"用手搽混,比混扑还好用哪!"妈妈的"混"又来了。

"那您现在怎么又不用手了呢?"

"现在的混扑好用呀!"

妈妈说着就用手往脸上来回搓了一遍,这是她平常的习惯,这样搓一遍,脸上好像舒服了。我看着她的皮肤在这几年松弛多了,颈间的皮,在箍紧的领圈里挤出来,一下子就使我想到"鸡皮鹤发"这四个字上去。妈妈大概也在想什么,黄昏的浓酒的颜色更浓了,它的余晖从墙外,从树隙中穿过来,照在廊下的玻璃上,妈妈坐在那旁边,让黄昏笼罩在她的银发上,使我想到茉莉花池旁妈妈的年轻时代。不知道妈妈在想什么,会在想我的婴孩时代吗?偎在她的怀里吃奶?梳紧了我的一根又黄又短的小辫子?为了被猫叼去的小油鸡在哭泣?为了不肯上学被爸爸痛打?但是妈妈这时微笑说:

"你爸爸能把一挑子花都买下来,都没地方种了,就全栽在后院墙脚下,你记得吧?"

又是爸爸的花!

"我记得,后面那个没人去的小小、小小的院子,顺墙还种了牵牛花呢!到了冬天,花盆都堆在空屋里,客厅里又换了从厂甸买来的梅花,对不对?"

妈妈点点头。

我又想起来了:"好像爸爸的花,您并不管嘛!"在我的印象中,没有妈妈浇花、种花的姿态,她只是上菜场,买这样买那样,做了给爸爸吃,他还要吹毛求疵,说妈妈这样那样弄不好。只有一回妈妈不管了,因为爸爸宰了一只猫吃。我说:

"您记得爸爸宰猫的事吧?"

"哼!"妈妈皱皱鼻子,好像还闻得见三十多年前的猫腥味儿,"你的太婆,就曾自己宰过一只小狗吃,因为没有人敢宰。"

太婆自己宰狗吃的故事,我听过好几次了,就是爸爸宰猫的事,我也记得很清楚,而且我也是吃猫的当事人之一,但是我喜欢再谈到它,好像重温功课一样,一遍比一遍更熟悉我的童年,虽然它越过越远。

"爸爸怎么想起要吃猫来啦?"我问。

"也巧,虎坊桥厨房的房顶上有个天窗,你记得吧?原来没有糊纸的,那次糊房子就给糊上了一层纸,刚好一只又肥又大的野猫踏了空,便从天窗掉下来,跌得半死,你爸爸立刻想到宰了吃。"

"我记得是车夫老赵帮着弄的。"

"是嘛！猫皮扒下来，老赵还拿去卖钱呢！"

"那锅肉怎么煮的？"

"像红烧肉一样红烧的呀！切了块儿。"

"哎哟！"我耸耸肩，咧咧嘴，表示怪恶心的样子，但是妈妈笑了。

"你还哎哟哪！你吃得香着哪！只有你爸爸、你和你弟弟吃。我们可是离得远远的！"

是受了爸爸这方面籍贯的遗传吧，我们的祖先是来自狗猫猴蛇都吃的那个省份，说是最讲究吃，其实多少还带点儿野性。

"后来呢？"其实结果我早知道，但是还要听妈妈讲一遍。

"后来那只锅，怎么洗，我也恶心，老有一股味道，我就把它扔掉了。"

"猫肉什么味儿？"我问妈。

"你吃过的呀！"

"可是早忘了。"

"是酸的，听说。"

妈妈站起来，扑掸着落在身上的香烟灰。她又点起了一支香烟。

黄昏越来越浓了。美丽过来，捻开电灯，屋里亮了，屋外一下子跌入黑暗中。

美丽说："婆婆，你在这里吃饭吧，天都黑了。"

"我在这里吃饭？你舅舅呢，那你舅舅回家吃什么？"

"讨厌的舅舅，谁教他不快结婚！"

妈妈坚持要走，她走过去收那块紫色的包袱皮，发现她带来的包子被三个女孩子吃光了，她说：

"也不懂给你爸爸留，我特别做的冬笋下。"

"婆婆，读'馅儿'，不是'下'！"然后她们打开了冰箱，"看！"

妈妈看见里面留着还有，安心地笑了。

妈妈穿起那件不合体的大衣，走到院子里，黄昏的风又吹开她的银发。我想说，拿发卡卡上吧，但是三个女孩子已经拥着妈妈走出门去了。

旧时三女子

我的曾祖母

一年前的冬日,我陪摄影家谢春德到头份去。他是为了完成《作家之旅》一书,来拍摄我的家乡。先去西河堂林家祖祠拍了一阵,便来到三婶家,那是我幼年三岁至五岁居住过的地方。

春德拍得兴起,婶母的老木床,院中的枯井,墙角的老瓮,厨房里的空瓶旧罐,都是他的拍摄对象,最后听说那座摇摇欲坠的木楼梯上面,是我们家庭供祖宗牌位的地方,他要上去,我们也就跟上去了。虽是个破旧的地方,但是整齐清洁地摆设着观音像、佛像、长明灯、鲜花、香炉等等,墙上挂着我曾祖母、祖父母的画像和照片,以及这些年又不幸故去的三婶的儿子、媳妇和孙辈的照片。看见曾祖母的那张精致的大画像，祖丽问我说："妈，那不就是你写过的，自己宰小狗吃的曾祖母吗？"

这样一问，大家都惊奇地望着我。就是连我的晚辈家族，也不太知道这回事。

如果我说，我的曾祖母嗜食狗肉，她在八十多岁时，还自己下手宰小狗吃，你一会吃惊地问我，我的祖先是来自哪一个野蛮的省？我最初听说，何尝不吃惊呢！其实"狗是人类的好朋友"的说法，是很"现代"而"西方"的。我听我母亲说过，祖父生前有一年从广东蕉岭拜祭林氏祖祠归来，对正在"坐月子"的儿媳妇说："你们是有福气的哟！一天一只麻油酒煮鸡，老家的乡下，是多么贫困，哪有鸡吃，不过是用猪油煮狗酒罢了！"

你听听！祖父说这话的口气，是不是认为人类对待动物的道德衡量，宰一条小狗跟杀一只鸡，并没有什么分别？甚至在那穷乡僻壤，吃鸡比吃狗还要奢侈呢！

自我懂事以来，已经听了很多次关于曾祖母宰小狗吃的故事。不过，随着年龄的增长，对于曾祖母宰小狗这回事，每一次都有更多的认识、了解和同情。

旧时三女子

说这老故事最多的就是三婶和母亲。三婶还健康的时候,每次到台北,都会来和母亲闲谈家中老事。老妯娌俩虽然各使用彼此相通的母语——一客家、一闽南——又说、又笑、又感叹地说将起来,我在一旁听着,也不时插入问题,非常有趣。她们谈起我曾祖母——我叫她"阿太"——亲手宰烹小狗吃的故事,都还不由得龇牙咧嘴,一副不寒而栗的样子:就好像那是刚刚发生的事情,就好像我阿太还在后院的沟边蹲着,就好像还听得见那小狗在木桶里被开水浇得吱吱叫的刺耳声,使得她们都堵起耳朵、闭上眼睛跑开,就好像她们是多么不忍见阿太的残忍行为!

但是,我的曾祖母,并不是一个残忍的女人,她是一个最寂寞的女人。

我的曾祖父仕仲公,是前清的贡生。在九个兄弟中,他是出类拔萃的老五。为了好养活,他有个女性化的名字"阿五妹",所以当时人都曾称他一声"阿五妹伯"。我的曾祖母钟氏,十四岁就来到林家做童养媳,然后"送做堆"嫁给我的曾祖父。但不幸她是个生理有缺陷的女人,一生无月信,不能生育,终生无所出。那么,"阿五妹"爱上了另一个美丽的女孩子罗氏,就是一件很自然的事情了。那个女孩子是人家的独生女儿,做父母的怎肯把独生女儿给"阿五妹"做妾呢?因为我的曾祖父当时有声望、有地位,又开着大染布坊,他们又是自己恋爱的,再加上我阿太的不能生育,美丽的独生女儿,就做了我曾祖父的妾了。妾,果然很快地为"阿五妹伯"生了个大儿子,那就是我的亲祖父阿台先生。

我想,我的曾祖母的寂寞,该是从她失欢的岁月开始的。

阿台先生虽然是一脉单传,却也一枝独秀,果实累累,我的祖母徐氏爱妹,一口气儿生了五男五女,这样一来,造成了林家繁枝覆叶的大家庭。那时候,曾祖父死了,美丽的妾不久也追随地下。阿台先生虽然只是个秀才,没有得到科举时代的任何名堂,但他才学高,后来又做了头份的区长(现在的镇长),事实上比他的父亲更有声望和地位。但是就在林家盛极一时的时候,我的曾祖母,竟带着她自己领养的童养媳,离开了这一大家人,住到山里去了。

并不是我的祖父没有尽到人子的责任,我的祖父是孝子,即使阿太不是他的亲母,他也不废晨昏定省之礼。或许这大家庭使阿太产生了"虽有满堂儿孙,谁是亲生骨肉"

的寂寞感吧，她宁可远远地离开，去山上创一个属于她自己的天地。

在那种年代、那种环境、那种地位下，无论如何，阿台先生都有把母亲接回来奉养的必要，但是几次都被阿太拒绝了。请问，荣华和富贵，难道抵不过在山间那弯清冷的月光下打柴埋锅造饭的寒酸日子吗？请在我的曾祖母的身上找答案吧！

终于，在我曾祖母八十岁那年，寒冬腊月，一乘轿子，把她老人家从山窝里抬回来了。听说她的整寿生日很热闹，在那乡庄村镇，一次筵开二三百桌，即使是身为区长，受人崇敬的阿台先生家办事，也不是一件顶容易的事吧！而且，祖父还请画师给她画了这么一张像：头戴凤冠，身穿镶着兔皮边的补褂。外褂子上画的那块补子，竟是"鹤补"，一品夫人哪！我向无所不知的老盖仙夏无瑜兄打听，他说画像全这么画，总不能画一个乡下老太婆，要画就画高一点儿的。我笑说，那也画得高太多啦！

据我的母亲和三婶说，阿太很健康，虽然牙齿全没了，佝偻着腰，也不挂拐杖。出出进进总是一袭蓝衣黑裤。她不太理会家里的人，吃过饭，就举着旱烟管到邻家去闲坐,平日连衣服都自己洗,就知道她是个多么孤独和倔强的人了。

大家庭是几房孙媳妇妯娌轮流烧饭,她们都会为没有牙齿的阿太煮了特别烂的饭菜。当她的独份饭菜烧好摆在桌上时,跟着一声高喊:"阿太,来吃饭啊!"她便佝偻着腰,来到饭桌前了。我的母亲对这有很深的印象,她说当阿太独自端起了饭碗,筷子还没举起来,就先听见她幽幽的一声无奈的长叹。阿太难道还有什么不满足吗?

现在说到狗肉。

三婶最会炖狗腿,她说要用枸杞、柑皮、当归、番薯等与狗腿同煮,才可以去腥膻之气,但却忌用葱。狗肉则用麻油先炒了用酒配料煮食,风味绝佳。三婶虽是狗肉烹调家,却从不吃狗肉,她是做子媳的,该做这些事就是了。不但三婶不吃狗肉,在这大家庭里,吃狗肉的人数也不多,三婶曾笑指着我的鼻子告诉我说:

"家里虽然说吃狗肉的人数不算多,可也四代同堂呢!你阿太,你阿公,你阿姑,还有你!"

秋来正是吃狗肉进补的时候。其实,从旧历七月以后,家里就不断地收到亲友送来的羊头、羊腿、狗腿这种种的

旧时三女子

补品了。因为乡人都知道阿台先生嗜此,岂知他的老母、女儿、四岁的小孙女,也是同好呢!

不是和自己亲生儿子在一起,我想唯有吃狗肉的时候,阿太才能得到一点点快乐吧?因为这时所有怕狗肉的家人,都远远地躲开了!

据说有一年,有人送来一窝小肥狗给阿台先生。这回是活玩意儿,三婶再也没有勇气像杀母鸡一样的去宰这一窝小活狗了。阿太看看,没有人为她做这件事,便自己下手了,这就是我的曾祖母著名的自己下手宰狗吃的"残忍"的故事了。

记得有一次我又听母亲和三婶谈这件事的时候,不知哪儿来的一股不平之鸣,我说:"如果照我祖父说的,煮鸡酒和煮狗酒没有什么两样的话,那么阿太宰一只狗和你们杀一只鸡也没有什么两样的呀!"

阿太高寿,她是在八十七八岁上故去的,我看见她,是在三岁到五岁的时候,直接的记忆等于零。但是,如果她地下有知的话,会觉得在一个甲子后的人间,竟获得她的一个曾孙女的了解和同情,并且形诸笔墨,该是不寂寞啊!

我的祖母

我的祖母徐氏爱妹的放大照片，就挂在曾祖母画像的旁边墙上。这张虽是老太太的照片，但也可以看出她的风韵，年轻时必定是个美人儿，她是凤眼形，薄薄的唇，直挺的鼻梁。她在照片上的这件衣着，虽是客家妇女的样式，但是和今日年轻女人穿的改良旗袍的领、襟都像呢！

我的祖父林台先生，号云阁，谱名鼎泉，他是林家九德公派下的九世孙。前面说过，他科举时代没有什么名堂，却是打二十一岁起就执教鞭，1916年到1920年，出任头份第三任区长，在纯朴的客家小镇上，是位令人尊敬的长者。在中港溪流域，是以文名享盛誉。他能诗文，擅拟对联，老年间的许多寿序、联匾，很多出于祖父之笔。我的祖母为林家生了五男五女，除了夭折一男一女外，其余都成家立业，所以在祖父享盛誉的时候，祖母自然也风光了半辈子。

我对祖母知道得并不多，年前玉美姑母到台北来，我笑对也已年近八十的玉美姑说:"我要问你一些你母亲的事,你可得跟我说实话。"因为我常听婶母及母亲说,祖母很厉害,她把四个儿媳妇控制得严严的,但她自己却也是个勤俭干净利落的人。听说,我的曾祖母所以很孤独地到山上去过日子,也和这个儿媳妇有些关系,因为当年的祖母,妻以夫贵,不免有时露出骄傲的神色来吧!而且我听三婶说,她的女儿秀凤自幼送人,也是婆婆的主意。我问玉美姑姑,玉美姑姑很技巧地回答说:"你三婶身体不好嘛!带不了孩子,所以做主张把秀凤送人好了。"其实我又听说,是祖母希望三婶生儿子,所以叫她把女儿送人的。我又问姑姑说:"听说祖母很厉害。"姑姑说:"她很能干。"能干和厉害有怎样的差别和程度,是怎么说都可以的。

但是在我的记忆中,祖母却是可爱的,幼年在家乡的记忆没有了,却记得在北平时,我还在小学三年级的样子,祖父、祖母到北平来了。那时父亲、四叔——祖父的最大和最小的儿子都全家在北平,从遥远的台湾到"皇帝殿脚下"的北平来探亲和游历,又是日据时代,是一件不简单的事,我想那是祖母最最风光的时期了。他们返回台湾不久,四叔就因抗日在大连被日本人毒死狱中。四叔本是祖母最疼爱的儿子，四婶也因是自幼带的童养媳，所以也特别疼。过两年，祖父独自到北平来，父亲已经因四叔的死，自己也吐血肺疾发。记得祖父住在西交民巷的南屋里，我常听他的咳声，他似乎很寂寞地在看着《随园诗话》，上面都是他随手所记的批注。等到祖父回台湾，过不久，父亲也故去了。

这时祖父的四个儿子，先他而去了三个，祖父于1934年七十二岁时去世，死时只有一个三叔执幡送终。祖父死后的年月，不要说风光的日子没有了，祖母又遭遇到最后一个儿子三叔也病故的打击，至此满堂寡妇孤儿，是林家最不幸的时期。真是"屋漏偏逢连夜雨"，1936年时，台湾地震，最严重的就是竹南、头份一带。我们这一辈，最大的是堂兄阿烈，他又偏在南京工作，看报不知有多着急，那时家屋倒塌，大家都在地上搭棚住，七十多岁的祖母也一样。后来阿烈哥返台，在一群孤儿寡妇中，他不得不挑起这大家族的许多责任。

阿烈哥说，幸好他考取了当时的放送局，薪水两倍于一般薪水阶级，负起奉养祖母的担子。他也曾把祖母接来台北居住就医过，可是她还是在八十岁上、在祖父死后十年中风去世了。她死时更不如祖父,四个儿子都已先她而去,送终的只好是承重孙阿烈哥了。

  而我们那时在北平,也是寡妇和孤儿,又和家乡断绝音信多年,详细的情形都不知道。只是祖母在我的印象中却是和蔼的、美丽的。

我的母亲

我的母亲是板桥镇上一个美丽、乖巧的女孩,她十五岁上就嫁给比她大了十五岁的父亲,那是因为父亲在新埔、头份教过小学以后,有人邀他到板桥林本源做事,所以娶了我的母亲。

母亲是典型的中国三从四德的女性,她识字不多,但美丽且极聪明,脾气好,开朗,热心,与人无争,不抱怨,勤勉,整洁。这好像是我自己吹嘘母亲是说不尽的好女人。其实亲友中,也都会这样赞美她。

母亲嫁给父亲不久,父亲就带着母亲和母亲肚中的我到日本去,在大阪城生下了我。父亲是个典型的大男人,据说在日本到酒馆林立的街坊,从黑夜饮到天明,一夜之间,喝遍一条街,够任性的了。但是他却有更多优点,他负责任地工作,努力求生存,热心助人,不吝金钱。我们每一个孩子,他管得虽严,却都疼爱。

在大阪的日子,母亲也津津乐道。她说当年她是个足

旧时三女子

不出户的异国少妇（在别人只是个十几岁的少女），偶然上街，也不过是随着背伏着小女婴的下女出去走走。像春天，傍着淀川、造币局一带，樱花盛开了，风景很美。母亲说，我们出门逛街，还得忍受身后边淘气的日本小鬼偶然喊过来的"清国奴"这样侮辱中国人的口号，因为母亲穿的是中国服装。

后来父亲要远离日本人占据的台湾，到北平去打天下，便先把母亲和三岁的我送回台湾。在客家村和板桥两地住了两年，才到北平去的。母亲以一个闽南语系的女人嫁给客家人，在当时是罕见的。母亲缠过足，个子又小，而客家女性大脚，劳动起来是有力有劲的。但是娇小的母亲在客家大家庭里仍能应付得很好，那是因为母亲乖，不多讲话。她说妯娌们轮流烧饭，她一样轮班，小小的个子，在乡间的大灶间，烧柴、举炊，她都得站在一个矮凳上才够得到，但她从不说苦。不说苦，也是女性的一种德性吧，我从未见母亲喊过苦，这样的德性在潜移默化中，也给了我们姊弟做人的道理。像我，脾气虽然急躁，却极能耐苦，这一半是客家人的本性，一半也是得自母亲。

父亲去世前在北平的日子，是最幸福的，但自父亲去世（母亲才二十九岁），一直到我成年，我们从来都没有太感觉做孤儿的悲哀，而是因为母亲，她事事依从我们，从不摆出一副苦相，真是所谓"在家从父，出嫁从夫，夫死从子"了。

我的母亲常说这样两句台湾谚语，她说："一斤肉不值四两葱，一斤儿不值四两夫。"意思是说，一斤肉的功用抵不过四两葱，一斤儿子抵不过四两丈夫。用有实质的重量来比喻人伦，实在是很有趣的象征手法。我母亲也常说另一句谚语："食夫香香，食子淡淡。"这是说，妻子吃丈夫赚来的，是天经地义，没有话说，所以吃得香；等到有一天要靠子女养活时，那味道到底淡些。这些话表现出我的母亲对一个男人——丈夫的爱憎之深、之专。

现在已婚妇女，凑在一起总是要怨丈夫，我的母亲从来没有过。甚至于我们一起回忆父亲时，我如果说了父亲这样好那样好，母亲很高兴地加入说。如果我们忽想起爸爸有些不好的地方，母亲就一声也不言语，她不好驳我们，却也不愿随着孩子回忆她的丈夫的缺点。

我的母亲十五岁结婚，二十九岁守寡，前年八十一岁去世。在讣闻里，我们细数了她的直系子、孙、媳婿等四

旧时三女子

代四十多人,没有太保太妹,没有吃喝嫖赌不良嗜好的。母亲虽早年守寡,却有晚年之福。

在这妇女节日,写三位旧时女子——我的曾祖母、祖母、母亲,无他,只是想借此写一点中国女性生活的一面,和她们不同的身世。但有一点相同的,无论她们曾受了多少苦,享了多少福,都是活到八十岁以上的长寿者。

婆婆的晨妆
——缠足和篦发

五十多年前,我初结婚时,婆母常跟儿媳妇们谈起她做儿媳妇时代的生活,曾很感慨地说:"那时候儿媳妇不好做呀!要起五更梳头,早起三光,迟起慌张嘛!"她又告诉我们,所谓三光是头、脸、脚。早起早梳洗,迟起误了到婆婆屋去请安的时辰,是有失礼貌的。

那时梳头、缠足是费时的化妆。婆婆是缠足,我们知道她每天临睡前洗脚、缠足,总要弄到半夜才入睡。先是仆妇给她准备了几壶开水,她把开水灌入一个高脚的木盆里,慢慢烫洗。我们可以想象散开裹了一天缠脚布的脚,是多么紧疼!如今可得好好泡泡,松快松快了。洗好擦干之后,还得在足缝里撒上"把干"的滑石粉之类,这才穿

婆婆的晨妆——缠足和篦发

上睡鞋、睡袜上床。

我的母亲也是缠足,但是四五岁缠足,到了十岁样子就放足了。这倒要拜日本侵台之功,他们禁止妇女缠足,所以母亲放了足,但是脚底的骨头已经折断,她有时表演给我们看,用手握住脚背凹弯下去,中间竟是折叠的。

中国妇女缠足在唐以前是没有的,据说是起于南唐李后主:"后主宫嫔窅娘,纤丽善舞,乃命作金莲高六尺,饰以珍宝绸带缨络,中作品色瑞莲,命窅娘以帛缠足,屈上作新月状,着素袜,行舞莲中,回旋有凌云之态,由是多人效之。此缠足所自始也。"(摘自《闲情偶寄》中附录余怀之作)唐以前的诗人墨客所写作品中形容妇女的足美,如李太白诗云:"一双金莲屦,两足白如霜。"韩致光诗云:"六寸肤圆光致致。"杜牧之诗云:"钿尺裁量减四分。"《汉杂事秘辛》云:"足长八寸,胫跗丰妍。"都指的是没缠过的天足。

好在这一千多年前的缠足之俗,到二十世纪的现在,已经全都消灭。生在现代,我们真是幸福的。

再谈婆婆的另一晨妆——梳头。这也是很重要的,三光之一嘛!

婆婆早晨起来,洗过脸后,就会拿出她的梳头匣子,肩头上披一块布,把头髻拆散,让头发披散下来,梳头、抿油、绾髻、别金簪,完成梳头的化妆程序。然后再在脸部擦面霜、白粉,这时三光完成了,只等我们到堂屋向她"请安",其实就是带孩子去叫"奶奶",奶奶会把早预备好的糖果拿出来,说一声"乖"塞在孙儿们的手里,我也会叫一声:"娘!我上班去了。"(我也是三光:烫发卷儿、胭脂粉儿、高跟鞋儿)把孩子撂在堂屋,等仆妇收拾完屋子下来带走。这时三光已毕的奶奶早坐在堂屋里的太师椅上抽水烟袋了。

所谓堂屋,是一家之主婆婆的起居室(living room),也是我们这几十口人大家庭的生活中心。婆母从早便坐镇堂屋,不论是出去的、回来的、办公的、上学的,丈夫、姨太太……出出入入,各房头要商量什么事,或是晚上闲聊,都在这里,她都看得见。我们结婚初期,尚未分炊,所以饭厅也在这里,吃大锅饭的时候,饭桌上就是交换消息的地方。说实话,我很怀念这婚后前几年的生活。

我不是说婆婆已经梳洗三光完毕了吗?但是她下午有时会在堂屋里,或天气好在宽大的前廊下,坐在藤椅上,

婆婆的晨妆——缠足和篦发

又披散了头发,把它们由脑后拢到右前边来,用篦子篦头发。篦发也是梳发的一种,但用具不同,篦子和梳子是两种梳具,可以这么说:疏者叫梳,密者叫篦。就叫它们是梳子的姊儿俩吧!篦子的形状、质料和梳子都有不同。梳子的质料,有木的、竹的、玉的、角的、金的、银的、珐琅的、铜的等,但是篦子的质料却只有竹的,因为它们的作用不同。梳子除了梳头以外,还可以当头上的装饰品,就是现代中外妇女的发饰,也还有用梳子的,而篦子只有一项用途——篦头发,是专为了去发垢,如头上发间的头皮、油垢、尘灰等。

你也许会说,头发脏了就洗嘛!但是要知道,旧时妇女是不太洗头发的,怕洗多了受凉得头风呀!所以旧时连婴儿小孩都不洗头而只篦头发的。

我看婆婆用篦子从头顶一绺一绺地篦下来,动作很有韵律的呢!

那篦子也不是直接用,要把撕薄了的棉花塞在篦子上一排,等篦好了头发,再把棉花剔下来,污垢随着棉花下来扔掉,一点儿都不会留在篦子上,篦子仍是干净的。我婆婆虽已经发白又秃,还是这么篦头而不洗头,正如我读到杜甫某诗中"耳聋须画字,发短不胜篦"的情形一样。

我还见到一种小篦子,只有平常的一半大,原来那是给男人篦胡子用的。把它和耳挖子、打火机、修指刀、牙签、小放大镜、眼镜盒、烟袋、烟、手帕、小镜子、钱袋等男人身边用品都挂在腰间带子上,很有趣。

《水浒传》里曾读到有"篦头铺"一词,就是现在的理发店呢!

我在李笠翁的《闲情偶寄》中《修容篇》的"盥栉"一章中读到一小段他对用篦子的看法,颇有见解。他是这么说的:"善栉不如善篦,篦者,栉之兄也。发内无尘,始得丝丝现相,不则一片如毡,求其界限而不得,是帽也,非髻也;是退光黑漆之器,非乌云蟠绕之头也。故善蓄姬妾者,当以百钱买梳,千钱购篦。篦精则发精,稍俭其值,则发损头痛,篦不数下而止矣。篦之极净,始便用梳,而梳之为物,则越旧越精;人惟求旧,物惟求新,古语虽然,非为论梳而设,求其旧而不得,则富者用牙,贫者用角。新本之梳,即搜根剔齿者,非油浸十日,不可用也。"

这样再来,我们老祖母头上的三千烦恼丝,可也不简单哪!

三只丑小鸭

孩子们学校放了假,吵吵闹闹地回到了我的身边。

半个月来,台北的雨像泪人儿似的,紧一阵慢一阵哭个不停,三只丑小鸭出不去,就在这间客厅、书房兼饭厅的六叠上设下了天罗地网,一会儿做球场,一会儿做战场。外面是霪雨连绵,屋里是杀喊震天,而我呢,跟着这三只丑小鸭团团转,不知怄了多少气!

上午打发老小上班上学校,我在入厨前,原有一段比较清静的时间可以消磨:听听无线电,喝喝新泡的香片,看看刚送来的日报。这对于时时在紧张生活中的我,说得上是享受吧!可是这段时间也随着假期取消了,如今从临街的窗户送进"豆腐一声天下白"起,解放了我们的早觉,丑小鸭们也就一个个从梦中醒转来,先是吱吱喳喳,像是怕惊醒了我们,最后终于全武行的滚作一团,我这时也不能再充耳不闻,这一起身,五官四肢便如开了电钮一般,忙个不歇,直到日落西山,把他们打发上了床,才算喘过一口气。

偶然写过几篇小孩子好玩的小文,人家都以为我有个理想的快乐家庭。从未见面的文友们也曾来信说,当她们看见我的孩子们在纸上跃然欲出时,想象到我是个满面福相、儿女绕膝的女人,天晓得,欣赏过我家一团糟的朋友,都曾叹观止矣!有些场面堪称伟大惊险!比如,他们把所有可以挪动的家具——竹凳、折椅、沙发全部排列起来,节节加高,从房门口排到壁橱,然后一个个走上去,进了壁橱,裹着毡子盘腿儿坐在壁橱里的被褥垛上,说这便是所罗门王。有时他们把老二五花大绑,背后插把小扇子,让她跪着,表演枪毙女匪首。天哪!我们家离马场町太近了,如果我是今之孟母,也许该搬搬家了。有时我闻见饭焦的味道,要赶快到厨房去,却得经过这座桥头堡,如果碰上他们戒严,还要喝问口令,教我拿什么去答应呢?最糟的是赶上不速之客的光临,要挪出沙发给客人坐,孩子们却比着枪,喊:"不许动!"客人连说:"没关系。"我更是手忙脚乱，不知所措了！

他和我都感觉到被孩子吵得太凶了，时时希望有人把他们带出去一天，让我们踏踏实实地吃顿饭，让我们安安稳稳地写上几千字。果然有一天他们受外婆的邀请，坐0路巴士绕四城看朋友去了。我们夫妻俩惬意得很，以为这一天除了吃喝玩乐不受儿女的牵制以外，还可以来上几千字的好生意，不过吃饭的时候，他竟糊里糊涂地又照例盛了五碗饭，多了三碗没人动。吃着饭总像是有什么事忘记办，又像是孩子们就要进来，结果两个人无话可说地吃了一顿饭，像鱼喝水一样——没有声音。

饭后文思不来，伏在桌上硬写不出字，心里却惦记着孩子们现在何处？外婆会不耐烦了吧？坐巴士不会把头探到车窗外吧？老三穿少了不会冷吗？终于他也憋出了一句："怎么还不回来？"我不由得拖上木屐，走出巷口外，徘徊，张望，一直到听见喊"妈"的娇呼声，心里才有了着落！这一天结果一字未成！

到晚来，三只丑小鸭又在作怪，哭声、笑声、叫声，乱成一片，电灯也好像比刚才亮些、热些！他又剔着牙，望着孩子们傻笑。只有半天的工夫，却好像是许久没有见面一样。这种时间的感觉,正像老二那句"过去式"的口头语"好几天"一样,哪怕是一小时以前的事,都是好几天了!

不能免俗的农历年又到了,不免磨米蒸糕点缀一番,偏偏又接到编辑先生来信,除了报告"妇周"复刊的消息外,还索稿一篇,限两天交卷。此刻虽一笔在手,但桥头堡尚未拆掉,菜头糕也未蒸熟,"熊掌与鱼"教我如何能兼而得之呢!

平凡之家

感谢朋友们的关怀,她们的来信总是关心到我的生活:"真难为你拖儿带女的""不用人还拖着三个孩子""既不用人又要写文章"……大概我在不曾见面,或者久不见面的朋友的想象里,该是一个一天到晚愁眉苦脸,加上一肚子牢骚的女人,拖着三只丑小鸭,站在灶边,一顿又一顿,做着烧饭的奴隶,岂不是一个"准平凡"的女人吗?

说起平凡的生活,我确是一个乐于平凡的女人,朋友们都奇怪我在这两间小木房里,如何能造成康乐的地步。我却以为古人能够"一箪食,一瓢饮,在陋巷"而不改其乐,我怎么就不能在这十叠半席的天地里自得其乐呢?西谚有云:"听不见孩子哭声的,不算是完整的家。"那么我对于儿女绕膝的福分,还不应当满足吗?在我们的小家庭里，我的女高音从来是压不住孩子们的三部合唱。有时候我要跟他谈几句话，竟会被正在高谈阔论的小女儿喝道："妈妈不要插嘴！"我们的平凡生活里，孩子是主要的成分呢！

我读过许多描写得有如琼楼玉宇的"吾庐"文章，看看别人所描绘的家，对于并不属于我的十叠半的"吾庐"就更不敢献丑了，但是正如梁实秋先生对他在四川居住的"雅舍"所说："我不论住在哪里，只要住得稍久，对那房子便发生感情，非不得已我还是舍不得搬……纵然不能蔽风雨，'雅舍'还是自有它的个性，有个性就可爱。"我最初搬到这十叠半来的时候，心情之沉重，难以形容，看着堆在壁橱里的十五公斤行李，想起北平扔下的一大片，真要令人闷绝，怕他骂我想不开，夜里钻在被窝里，不知淌了多少眼泪！但是两年住下来，就犯了北平人的懒脾气。最近听说他的机关有把我们全家配到一栋多出两叠的房子去，自幽谷迁于乔木，可喜可贺，但是我和他反而留恋起两年厮守的这两间木屋来了，母亲还以为我是舍不得曾投资于修理厨房的两包水泥呢！

今日阳光照在书桌上，觉得格外温暖，我忽然想起这两年来，在这十叠半的天地里，实在是健康多过病弱，快乐多过忧愁，辛勤多过懒散，接待过许多徘徊台北的朋友们，有过多少次的夜谈之乐，这一切怎不使人对这木屋的情趣留恋呢！

我们的生活情趣重于快乐的追求，有人说我们该是没有理由快乐的家庭，丈夫是一个自甘淡泊的人，因之我们的生活也就来得紧张些，但是我们在紧张中却不肯牺牲"忙里偷闲"的享受，张潮《论闲与友》里说："人莫乐于闲，非无所事事之非之谓也。闲则能读书，闲则能游名胜，闲则能交益友，闲则能饮酒，闲则能著书。天下之乐，孰大于是？"然则快乐的心情，却要自己去体味。有人看我们在孩子们熟睡后，竟敢反锁街门跑去看一场电影，替我们捏一把汗，说是台湾的小偷闹得很凶，可是我们仍不愿放弃儿辈上床后的这一段悠闲的时间，夜读、夜写、夜谈、夜游，都是乐趣无穷的。有时候夜读疲倦，披衣而起，让孩子们在梦中守家，我们俩到附近的夜市去吃一碗担仔面，回来后如果高兴的话，也许摊开稿纸，把瞬间所引起的情感，记在上面。

把一切归罪于"贫穷"，是现代生活里人们常有的心

情,我却以为应当体味《祖母的精神生活》一书中所说的祖母的人生观:

"孤独不算孤独,贫穷不算贫穷,软弱不算软弱,如果你日夜用快乐去欢迎它们,生命便能放射出像花卉和香草一样的芬芳——使它更丰富,更灿烂,更不朽了——这便是你的成功。"

捉住光阴的实际,快乐而努力地过下去,不做无病呻吟,一个平凡女人的平凡生活,如此而已。

林海音主要生平记事

一九一八年农历三月十八日出生于日本大阪绢笠町回生医院。父亲林焕文,台湾苗栗头份人,祖籍广东蕉岭;母亲林黄爱珍,台湾板桥人。

一九二一年随父母返回台湾,在头份及板桥居住。

一九二三年随父母到北京,定居南城。

一九二五年进入厂甸师大第一附小就读。

一九三一年父亲病逝于北京。九月,进入春明女中就读。

一九三四年考入北平新闻专科学校,并在《世界日报》担任实习记者,结识《世界日报》编辑夏承楹。

一九三七年正式担任《世界日报》记者,主跑妇女新闻。

一九三九年与夏承楹在北平结婚。

一九四〇年转入北平师范大学图书馆担任图书编目工作。

一九四一年老大祖焯诞生。

一九四五年抗战胜利,老二祖美诞生。《世界日报》复刊,重回《世界日报》主编妇女版。

一九四七年老三祖丽诞生。

一九四八年与夏承楹、三个孩子、母亲与弟妹返回故乡台湾。

一九四九年开始在报上发表文章。五月，进入《国语日报》担任编辑。十二月，主编《国语日报》周末版。

一九五三年十一月，受聘担任《联合报》副刊主编。十二月，老四祖葳诞生。

一九五五年出版第一本散文集《冬青树》。

一九五六年世界新闻专科学校创立，受聘担任教席。获第二届扶轮社文学奖。

一九五七年《文星》杂志创刊，兼任文学编辑。

一九五九年第一部长篇小说《晓云》出版。

一九六〇年《城南旧事》小说集出版。

一九六三年离开《联合报》。主编《联合报》副刊十年间培植诸多作家。

一九六四年受聘担任台湾省教育厅儿童读物编辑小组第一任文学编辑，从此致力于儿童文学创作。《绿藻与咸蛋》英文版出版，由殷张兰熙翻译。

一九六五年辞去儿童读物编辑小组工作。四月，应美国国务院邀请，赴美访问四个月。出版第一本儿童读物《金桥》。

一九六七年创办《纯文学月刊》，担任发行人及主编。

一九六八年成立纯文学出版社。

一九七〇年加入国立编辑馆国小国语科编审委员会，并主编一、二年级国语课本，直至一九九六年，共二十六年。

一九八二年《城南旧事》被上海电影制片厂拍成电影，此片多次获得国际影展大奖。

一九八三年母亲去世。六月，《城南旧事》尔雅版印行。

一九八五年《剪影话文坛》被台湾文化出版及学术界评选为一九八四年台湾最有影响力的十本书之一。

一九九〇年因主编《何凡文集》获图书主编金鼎奖。五月，随台湾出版界负责人访问团到中国大陆，为离开北京四十一年半后首度踏上故土。

一九九二年《城南旧事》英文版出版，由齐邦媛、殷张兰熙翻译。

一九九四年获得世界华文作家协会及亚华作家文艺基金会举办的第二届向资深华文作家致敬奖。

一九九五年年底，结束一手创办的纯文学出版社。

一九九六年出版《静静的听》尔雅版。

一九九七年浙江文艺出版社出版《林海音文集》共五册。北京中国现代文学馆举办林海音作品研讨会。《城南旧事》德文版在德国出版。

一九九八年第三届世界华文作家大会颁赠终身成就奖。

一九九九年获颁第五届五四奖文学贡献奖。

二〇〇〇年五月四日，中国文艺协会颁赠荣誉文艺奖章。五月十六日，《林海音作品集》十二册及《穿过林间的海音——林海音影像回忆录》出版。十月，传记《从城南走来——林海音传》（夏祖丽著）出版。十月，《城南旧事》出版四十年，北京中国现代文学馆等学术单位合办林海音作品研讨会。

二〇〇一年十二月一日深夜，逝世于台北，享年八十三岁。